MARION WAGNER
Königsstrafe

Buch

Ein weiteres Mädchen ist im Muddus verschwunden. Die Zeit läuft. Kommissar Trol und Greta Berg machen sich auf den Weg, da der Suchmannschaft ein fataler Fehler unterlaufen ist. Die Zeit läuft, denn jeder weitere Tag lässt die Hoffnung schwinden, das Mädchen in dem Riesenareal lebend zu finden. Greta Berg ist durch einen perfiden Plan ihren früheren Lebensgefährten ebenfalls ins Visier der Polizei geraten.

Prolog

Der König hat es auch getan und wenn ein König es tut, dann kann es nicht falsch sein. Könige tun nichts Falsches. Kindern werden Märchen erzählt, Kindern erzählt man nichts Falsches. Ihm hatte man etwas Falsches erzählt, jedenfalls für eine lange Zeit hatten sie es getan, ihn im falschen Glauben gelassen. Das war schlimmer, viel schlimmer, als von Anfang an die Wahrheit zu sagen. Er erinnerte sich immer wieder an dieses eine Märchen, nur dieses war ganz fest mit seiner Vergangenheit verwoben, in seinen Kopf gemeißelt. Es hatte einen festen Platz ganz tief in ihm drin. Die Erinnerung mutierte zur Faszination, hatte ihn in Besitz genommen, wie ein Krebsgeschwür. Macht und Bestrafung, ein geile Kombination. Wenn er als Kind nach seinem Lieblingsmärchen gefragt wurde, war *Die Prinzessin in der Erdhöhle* seine Antwort. Eigentlich waren Geschichten von Prinzessinnen so gar nicht sein Ding, aber in diesem Fall weckte auch nicht die Prinzessin sein Interesse, sondern der Vater. Der König hatte eine Tochter, die bestraft werden musste. Deren Benehmen war nicht so, wie es sich für die Tochter eines Königs geziemte. Aus diesem Grund ließ der Vater eine Erdhöhle bauen und schloss seine Tochter dort ein. Dort unten in der dunklen Abgeschiedenheit sollte sie über ihr ungebührliches Benehmen nachdenken.. Der König hatte gespürt, dass *er* Hilfe brauchte, er hatte Verbindung zu *ihm* aufgenommen. Ihm seine Lösung dargeboten mit dem Buch, seinem Lieblingsbuch aus Kindertagen.

K1

Das bisherige Leben mit Adrian, war es der Auslöser, alles in Frage zu stellen? Vielleicht war es die zerbrochene Beziehung oder aber der tätliche Angriff dieses Mädchens, welches sich vollkommen in sich selbst zurück gezogen hatte. Die ihren Platz in der Welt verlassen, nun irgendwo im Niemandsland kauerte und ihrer Umwelt den Zugang verwehrte. Was war es?
Greta Berg hatte eine Woche Urlaub in New York genutzt, um festzustellen, dass sie ihrer bereits porösen Beziehung keine Chance mehr einräumen wollte.
Adrian hatte ein lukratives Angebot als Anwalt für Strafrecht in einer dieser gigantischen Kanzleien in New York nicht ausschlagen wollen. Greta konnte sich ein Leben in Amerika hingegen nicht vorstellen. Sie wollte es auch nicht, dessen war sie sich jetzt sicher. Sie liebte ihren Beruf. Kindern und Jugendlichen zu helfen, das war ihre Intension als Ärztin und Psychiaterin. Ein fester Bestandteil ihres Lebens. Sie hatte alles gesagt und wollte keine weiteren Erklärungen oder Rechtfertigungen

abgeben. Das hatte sie gesagt, zu ihm gesagt, unmissverständlich. Ihre Entscheidung hatte sie tief in ihren Inneren schon vor langer Zeit getroffen. Manchmal fragte sie sich, ob sie mit ihm gegangen wäre, wenn sie ihn noch lieben würde. Seine Eitelkeit war zu tiefst gekränkt. Adrian liebte Macht und duldete es nicht, wenn jemand anderer Meinung war, als er. Hanna, ihre Freundin, hatte in jüngster Vergangenheit nach einer Party gesagt, für sie habe er eindeutig narzisstische Züge. Bei Greta hatte sich dieser Gedanke schon seit geraumer Zeit ganz langsam wie ein kleines Saatkorn eingenistet. Als Hanna es aber aussprach, war es lediglich nur eine Bestätigung dessen, was sie schon lange in ihren Inneren spürte. Es gab nur eine Lösung.

Nun war sie zurück in ihrer gemütlichen Altbauwohnung im Zentrum Stockholms, ihrem Refugium, ihrem Rückzugsort. Wenn sie die Tür hinter sich schloss, blieb die Welt draußen. Die Wohnung befand sich am Marktplatz Gambla Stan in der obersten Etage mit Blick auf das Wasser. Sie liebte das bunte Treiben bei Tag, die Cafés, Restaurants, die kleinen Geschäfte, Boutiquen und Souvenirläden. Am späten Abend und bei Nacht, das Lichtermeer der Stadt und des Hafens. Wenn sie von ihrer Terrasse die vielen Lichter sah, dachte sie stets an ein Buch aus Kindertagen, welches von einem kleinen Maulwurf handelte, der sich von einem Hügel seine Stadt besah und dabei eine große Zufriedenheit empfand. Das Haus war alt, hatte keinen Fahrstuhl, aber Charakter, ihr überzeugendes Argument, wenn sich ihre Gäste über die vielen Treppenstufen beschwerten. Der Marktplatz erweckte den Eindruck, als seien es Spielzeughäuser, die ihn säumten, jedes Haus leuchtete in einer anderen Farbe. Der Blick auf den Platz bereitete Frohsinn, selbst in der dunklen, nassen und kalten Jahreszeit. Das strahlende Leuchten der verschiedenen Lichtquellen an den Häusern vermittelte jedem Betrachter die Verlässlichkeit: *Wir sind da.*

Nach ihrer großen persönlichen Veränderung hatte sie das Bedürfnis, in ihrer Wohnung ebenfalls einiges zu erneuern. Ein großes Bett, helle bunte Vorhänge und frische Pastelltöne an den Wänden standen auf ihrer Wunschliste ganz oben.

Sie arbeitete schon eine ganze Zeit wieder und fühlte sich wohl. Permanente unaufgeforderte Ratschläge, ständiges Besserwissen, Bloßstellen engten sie ein und nahmen ihr die Luft zum Atmen. Sein Aufmerksamkeitsdefizit, wurde zunehmend befremdlicher, denn Adrian hatte seine Auftritte gerne mit Publikum. Die anschließenden Bemerkungen ihrer Freunde waren letztendlich nur Bestätigungen dessen, was sie auch in eben diesen Situationen empfand.

Adrian hatte noch nicht wieder angerufen. Sie wollte auch nicht, dass er es tat.

Sie hatten überwiegend in ihrer Wohnung gelebt. Adrian hielt Renovierungen nicht mehr für notwendig, da er davon ausging, ihr gemeinsames Leben würde sich künftig in New York abspielen. Er hatte immer alles irgendwie bestimmt, was ihr jetzt erst richtig bewusst wurde. Anfangs empfand sie es nicht so, aber im Laufe der Zeit kam ihre Selbständigkeit abhanden, besser gesagt, sie wurde ihr genommen. Von ihm. Ganz gezielt. Seltsam, dachte sie, als sie auf ihrer kleinen Dachterrasse stand, und ich hatte befürchtet, dass ich ihn vermissen werde, genau das Gegenteil ist der Fall. *Freiheit.* Sie fror, obwohl sie sich ihre warme rotkarierte Lieblingsdecke umgelegt hatte. Die Kälte kam aus ihrem tiefsten Inneren und breitete sich rasend schnell in ihrem ganzen Körper aus. Sie schüttelte sich der Art, dass sie fast das Gleichgewicht verlor und sich an der hölzernen Umrandung festhalten musste. Was war das denn jetzt, dachte sie und setzte sich auf einen der beiden verblichenen Holzstühle, die sie jeden Winter unterstellen wollte, es aber nie tat. Es gab zu jeder Jahreszeit Tage, wo sie sich auch mit einer dicken Jacke dorthin setzte und den Ausblick genoss, selbst bei Nacht. Ihre Zähne klapperten aufeinander, der Mund war pelzig, als steckte ein Filzpantoffel darin. Die Sterne am Himmel fingen alle an, sich zu bewegen, wie eine Horde kleiner Kinder, die für eine Aufführung im Kindergarten ihre zugewiesenen Plätze suchten, weil sie ihn vergessen hatten.

Greta nahm einen tiefen Zug der kühlen Abendluft und ließ diese in ihren Körper strömen. Sie traute sich kaum aufzustehen. Der Sauerstoff tat gut, sie stützte sich vorsichtig rechts und links auf den Handläufen des Gartenstuhles ab und blieb einen Augenblick stehen, bis sie das Gefühl hatte, wieder hinein gehen zu können. Mit dem Rauchen hatte sie aufgehört, hätte in diesem Augenblick aber alles für eine Zigarette getan. Sie schloss die Tür und dachte an einen Drink. Die Wolldecke war auf der rechten Seite zu Boden gerutscht, sodass sie darauf trat und in Stolpern geriet. Sie stieß mit dem Ellenbogen gegen ihren Sekretär. Ihr Handy gab den Ton SCARABAEUS von sich, das Signal einer Benachrichtigung. Der Kälteschauer verwandelte sich in eine grauenvolle Hitzewelle. Diesen Ton hatte Adrian für sie ausgesucht, weil er ihn mochte, ihren Einwand hatte er ignoriert. Sie mochte ihn nicht. Auf der kleinen Anrichte standen Sherry, Wodka, Aquavit und ein kleiner Rest des schottischen Whiskys, ein Andenken vom letzten Urlaub. Der letzte Urlaub mit Adrian. Greta nahm die Flasche und trank den Rest direkt in einem Zug aus. In ihre Kehle brannte ein loderndes Feuer. Sie spürte die Flamme in ihrem Mund. Der Alkohol wirkte, sie war ihn nicht gewöhnt. Leichte Benommenheit zwang sie, sich hinzusetzen. Greta schleuderte ihre Schuhe von sich, nahm ihr Handy und stieß sich den großen Zeh ihres rechten Fußes an der Kufe des Schaukelstuhls, während sie sich auf das weiche Schaffell sinken ließ. Der Blick auf das Display ließ Greta erstarren, Adrians Handy - Nr. Sie ließ es klingeln. Die Töne hatten die Wirkung des Rauchmelders in ihrer Küche, der sie schon des öfteren daran erinnert hatte, dass das Fett in der Pfanne schon lange heiß war.

Greta ließ schaukelnder Weise ihren Blick durch das Zimmer streifen, der Klingelton und die Nummer mussten geändert werden. Nur den Klingelton zu ändern, würde nichts bewirken. Das Handy gab Ruhe, und Greta hörte die Mailbox ab. Das Schaukeln in Verbindung mit dem schottischen Whisky lösten Übelkeit in ihrem Magen und Schwingungen in ihrem Gehirn aus. Dieses Gefühl hatte sie zuletzt auf der

Schiffsreise nach Schottland erlebt und erinnerte sie an die widerliche Seekrankheit.

Doch was sie jetzt las, löste ein vergleichbares Ekelgefühl in ihr aus, verbunden mit einem Würgen. Ihr Magen rebellierte.

Hallo mein Engel, wir können doch über alles reden.
ich bin dir nicht böse, wir haben alle mal eine schlechte Phase. Mach dir keine Gedanken, ich melde mich wieder. Ich umarme dich, in ewiger Liebe Adrian.

Ich fasse es nicht, dachte Greta, was soll das denn jetzt? Für einen Moment war sie versucht, ihn anzurufen, ihm ihre Meinung zu diesem Anruf zu sagen und ihm ein für alle Mal zu verbieten, sie jemals wieder anzurufen. Sie befürchtete aber ausfallend zu werden und auf dieses Niveau wollte sie sich nun doch nicht begeben, entschied sich daher, gar nicht zu reagieren. Die Erkenntnis, dass man Adrian Olson nicht verließ, traf sie wie ein Faustschlag in den Magen. Sie hatte keinerlei Erfahrung dieser Art, stellte sich das aber in diesem Moment genau so vor. Tausend Gedanken explodierten in ihrem Kopf, Wohnungsschlüssel, verletzte Eitelkeit, Psychoterror... Angst hatte bisher in ihrem Leben keine Rolle gespielt. Ihr Beruf hatte sie schon in die eine oder andere heikle Situation gebracht, aber Angst, so richtige Lebensangst hatte sie erst bei ihrem letzten Fall erlebt. Seitdem beschlichen sie Zweifel. Die Stärke ihrer Selbstsicherheit hatte Schaden genommen Sie hasste Zweifel und Verunsicherung, Indikatoren für Krankheitsbilder ihrer kleinen und großen Patienten.

Hatte Adrian bei ihr auch schon etwas kaputt gemacht, und sie hatte es gar nicht bemerkt?

Ihr ganzes Weltbild geriet soeben völlig in Schieflage. Sie schielte zu dem kleinen Getränkevorrat und verwarf es sofort wieder, dieses mit Alkohol wieder gerade zu rücken.

Greta nahm sich einen Notizblock und schrieb: 1. neues Türschloss, 2. Handy - Nr. ändern, 3. Farbe und Vorhänge aussuchen.

Das düstere Kapitel ihrer jahrelangen Berufspraxis war der jüngste tätliche Angriff eines sechzehnjährigen Mädchens in der Kinder- und Jugendpsychiatrie in Stockholm. Das Mädchen war zusammen mit einem gleichaltrigen Jungen als Kleinkind von Pflegeeltern adoptiert worden. Der Halbbruder war mit der Erkenntnis, von den leiblichen Eltern verstoßen worden zu sein, nicht zurecht gekommen. Seinen Frust reagierte er an seiner Halbschwester ab, indem er sie physisch und psychisch übelst misshandelte. Er hatte sogar billigend ihren Tod in Kauf genommen, indem er sie schwer verletzt in einer Höhle zurückgelassen hatte. Greta stieg unter die Dusche, ließ das heiße Wasser lange genüsslich über ihren Körper prasseln.

SCARABAEUS, klingelte ihr Handy, oder war das schon der Anfang einer Paranoia?

Sie hielt ihren Kopf aus der Dusche, griff nach ihrem Badehandtuch und sah nichts.

Der heiße Wasserdunst hatte sich im ganzen Bad verteilt, den Spiegel beschlagen, das Fenster war geschlossen.

Während sie sich das Handtuch umschlang, hastete sie dem Klingelton nach, ihr Herz begann heftig zu schlagen. Sie sah es im Wohnzimmer auf dem Tisch liegen, griff danach, der *SCARABEUS* Klingelton verstummte. Der Magen rebellierte wieder, sie traute sich kaum, auf das Display zu sehen. Nichts war zu sehen, der Anrufer hatte aufgegeben.
Wenn ich die Mailbox abrufe, kann nichts passieren, beruhigte sie sich.

Hallo, hier ist Thore Trol aus Gällivare. Ich weiß, es ist schon spät, aber ich brauche ihren Rat. Vielleicht können wir morgen telefonieren, oder...., ja, ähh, das war es schon, ich bitte um Entschuldigung für die späte Störung.

Das war doch dieser Polizist mit den verrückten Mustern auf seinen Hemden. Greta fiel ein Stein vom Herzen. Sie trocknete sich richtig ab, zog ihren Schlafanzug an, schlang sich ein Handtuch um ihre nassen Haare und machte es sich auf ihrem Schaukelstuhl gemütlich.

"Den ruf ich doch gerne sofort zurück", sagte sie zu sich selbst, als *SCARABAEUS* erneut zu hören war. Wie elektrisiert ließ sie das Handy in den Schoss fallen *Mailbox*
Hallo mein Liebes, ich wollte dir nur eine gute Nacht wünschen und dir nochmals sagen, dass du dir keine Sorgen machen musst, ich bin dir nicht mehr böse, ich liebe dich doch. Schaue mir gerade noch einmal die Bilder an, die ich von uns gemacht habe, ich werde sie dir als Mailanhang schicken. Ich liebe dich, dein Adrian.
Vom Duschen war Greta schon warm geworden, aber jetzt....Bilder, dachte sie, was für Bilder? Oh mein Gott, hatte er heimlich Aufnahmen gemacht, als sie beide....
Das glaube ich einfach nicht, dieses Schwein, deswegen hatte er so merkwürdige Anweisungen gegeben, als sie das Wochenende in diesem Hotel verbracht hatten. Das war also sein Geschenk gewesen. Greta zitterte am ganzen Körper. Wut; Ekel, Verachtung, sie fand kaum eine richtige Beschreibung dessen, was sie gerade für ihn empfand.

Sie holte tief Luft und versuchte ihre Gedanken zu ordnen. Erpressung.
Als Anwalt so mies zu sein....., wahrscheinlich kann man nur mit solch einem Charakter diesem Beruf ausüben.
Sie wählte die Nummer von Thore Trol.
"Thore Trol hier, mit wem habe ich das Vergnügen?"
"Hallo, guten Abend, mit Greta Berg, sie brauchen meinen Rat?"
Trol hatte eine angenehme männliche Stimme, die sofort beruhigend wirkte. Ein Polizist hatte sowieso immer etwas Beruhigendes, fand sie.
"Ja, begann er ohne Umschweife, wir haben uns kurz im Krankenhaus gesehen, als das junge Mädchen dort lag, welches von ihrem Stiefbruder misshandelt worden ist, erinnern sie sich daran?"
"Ja, selbstverständlich, erinnere ich mich".
"Mhm, wie ich hörte, sind sie von ihr tätlich angegriffen und verletzt worden?"
"Ja, bestätigte sie, stimmt."
"Geht es ihnen wieder besser, haben sie sich davon erholt?"
"Ja", die Antwort kam mit einiger Verzögerung, die Trol wahrnahm.

"Hören sie, ich will sie nicht ausfragen."
"Nein, schon gut, es ist in Ordnung, aber ich habe so etwas in meiner langjährigen Praxis noch nie erlebt, es war eine ganz neue Erfahrung. Der Stich mit der Schere in meinen Rücken war heftig und ich hatte Glück, dass keine Organe getroffen wurden. Glauben sie mir, ich habe meine Patienten seit dem ganz genau im Blick. Aber deswegen rufen sie mich nach Dienstschluss doch nicht an, woher haben sie eigentlich meine Handy - Nr.?"
"Von ihnen Greta, sie haben sie mir gegeben mit der Bitte, sie anzurufen, wenn es in diesem Fall etwas Neues geben sollte."
"Stimmt, tut es das denn?"
"Wir wissen nicht, ob es einen Zusammenhang gibt, aber es ist ein junges Mädchen verschwunden."
"Seit wann?"
"Nun, unmittelbar nach dem Vorfall im Muddus, als wir Corin dort in der Höhle gefunden haben. Das Mädchen war in einer bewirtschafteten Station im Muddus und sollte diese unverzüglich verlassen, da der Bruder von Corin als

Täter identifiziert und bis heute nicht gefasst wurde."
"Hat sich das Mädchen denn noch in irgend einer Form bei Ihnen gemeldet?"
"Nein, eben nicht. Ich war dabei, als man sie anrief. Sie sollte ihre Sachen packen, sich ins Auto setzen und den Muddus schnellstens verlassen. Sie ist nirgends aufgetaucht."
"Es kann keiner bestätigen, dass sie die Station verlassen konnte?
War sie denn allein im Camp?" Gretas Entsetzen war nicht zu überhören.
"Doch, leider, ihr Freund, der sie eigentlich begleiten und unterstützen sollte, hatte kurzfristig noch den Zuschlag für ein Auslandssemester bekommen, und ein Ersatz war so kurzfristig nicht mehr möglich. Alle Kontakte haben wir abgeklopft, da Freunde von ihr in dem anderen Camp tätig waren und uns konkrete Angaben zu denen machen konnten. Ein junger Mann aus dieser Gruppe hatte sich angeboten, aber nur für drei Tage, dann musste er auch wieder zurück zur Universität. Sie lebt in einer WG in Uppsala und studiert Tourismus. Eltern hat sie keine mehr, die sind bei dem

Verkehrsunfall ums Leben gekommen, bei dem das Mädchen fast unverletzt geborgen werden konnte. Sie ist wie vom Erdboden verschluckt, übrigens das Auto von ihr auch. Wärmebildkameras, die wir unverzüglich im Muddus per Hubschrauber eingesetzt haben, ebenfalls ohne Erfolg. Eine Mitbewohnerin erzählte etwas von einer älteren Schwester, zu der sie aber keinen Kontakt hat. Ein Suchantrag über die Meldebehörde läuft."
"Hätten Sie morgen eventuell ein wenig Zeit, damit wir uns austauschen könnten, ihre Meinung ist uns wichtig." Das Interesse Thores war nicht nur beruflicher Natur, Greta ging ihm nicht mehr aus dem Kopf, seit er sie in der Klinik gesehen hatte. Sie war der Typ Frau, der ihm gefiel. Blitzgescheiter Verstand, selbstbewusst, humorvoll, attraktiv, gepaart mit einem Hauch von dem, was er nicht in Worte fassen konnte. Eine überaus wünschenswerte Kombination, die ihm gefiel und nicht mehr in Ruhe ließ.
"Morgen Vormittag, fragte sie, Moment, ich sehe in meinem Terminkalender nach.

Nein, aber in der Mittagszeit würde es gehen, von 12.00 - 14.00 Uhr."
Thores Herz machte einen Satz, wollte sie aber nicht spüren lassen, wie sehr er sich freute.
"Ich sehe auch kurz in meinen Tagesablauf...passt, sagte er. Wollen wir gemeinsam etwas zusammen essen, wie wäre das?"
"Ja, eine sehr gute Idee," freute sie sich. Seine Stimme ist umwerfend, dachte sie und bekam eine leichte Gänsehaut.
"Haben sie eine Idee, wohin wollen wir gehen?" Greta musste schmunzeln.
"Kennen sie das *Kastanjen* in der Kindstugaton?"
"Wer kennt das nicht, der leckere Kakao mit Sahne und dazu eine Stück Zitronentorte sind doch Pflicht in Stockholm. Das kennt sogar die Landbevölkerung aus Gällivare. 12.00 Uhr?"
"Ich werde da sein," sagte Greta.
"Gut, dann bis morgen also, schlafen sie gut, ich freue mich," sagte Thore mit einer leicht belegten Stimme. Greta beließ es bei.
"Bis morgen, ich freue mich auch," sagte sie, als das Gespräch bereits beendet

war. Greta fühlte sich besser, dieser Anruf hatte sie ein wenig wieder aufgerichtet. Normalerweise würde sie sich jetzt ein Glas Weißwein genehmigen, aber da sie den Whisky schon intus hatte, machte sie sich einen Ingwertee, um den Magen zu beruhigen. Mit ihrem Becher setzte sie sich wieder in den Schaukelstuhl und änderte den Klingelton ihres Handys in *Themos,* stellte es dann aber aus und legte zusätzlich ein Sofakissen darauf. Sie versuchte sich vorzustellen, wie sie Thore behilflich sein könnte, was wollte er wirklich von ihr.? Nun, spätestens morgen Mittag werde ich es erfahren, dachte sie und nahm sich die Unterlagen der beiden Kinder vor, die den morgigen Vormittag ihre ganze Aufmerksamkeit erforderten. Ein vierzehnjähriges Mädchen hatte den Lebensgefährten ihrer Mutter mit einem Messer verletzt, und ein 9 Jahre alter Junge sprach seit der Trennung seiner Eltern nicht mehr. Die Überzeugungsbekundungen der Patchworkeltern, alles im Griff zu haben und alle hätten sich furchtbar lieb, gingen ihr inzwischen extrem auf die Nerven. Genau das Gegenteil war der

Fall. Die betroffenen Kinder widerlegten in der Regel die Aussagen mit ihren Auffälligkeiten. Sie zog es inzwischen vor, die Gespräche mit den Kindern allein zu führen, dann waren sie entspannter und nicht unter Beobachtung. Eltern gaben gerne unaufgefordert die Antworten für ihre Kinder, da sie immer mit deren Überraschungen rechneten, die ihre dargestellte Fassade dann doch meistens ein klein wenig anders aussehen ließ. Sie trank ihren Tee, beruhigte sich und konzentrierte sich auf die beiden Jugendlichen. Es funktionierte immer, wenn sie zu ihren beruflichen Aufgaben zurückkehrte, dann konnte sie alles andere ausschalten.

Die Kirchturmuhr schlug Mitternacht.

Sie freute sich, die Vorbereitungen ohne Störungen getroffen zu haben, aber auch sich müde zu fühlen. Dem Handy schenkte sie keine Beachtung mehr.

Sie beschloss, es erst mit einer neuen Nummer wieder anzustellen.

Mit den neuen Vorsätzen krabbelte sie in ihr Bett und rollte sich ein. Sprang aber sofort wieder heraus, um ihren Schlüssel von innen so in das Schloss zu stecken, sodass er nicht herausgeschoben werden konnte. Vielleicht ist Adrian gar nicht mehr in New York, dachte sie, während sie auch noch die Kette vorlegte. Da er alles unter Kontrolle haben musste, traute sie ihm zu, die Angelegenheit so bald wie möglich hier vor Ort regeln zu wollen.

Trotz Unterbrechung fiel sie schnell in einen tiefen Schlaf und war überrascht, als sie um 7.20 Uhr entsetzt auf ihren Wecker blickte, den sie vergessen hatte zu stellen. 6.30 Uhr war ihre Zeit, um in Ruhe zu frühstücken und einen Blick online in die Zeitung zuwerfen. Nun denn, etwas gestrafft würde sie alles schaffen und pünktlich um 9.30 Uhr in der Klinik sein.

Als sie unten auf der Straße stand, nahm sie das Treiben ihres geliebten Marktplatzes in sich auf, eine Wohltat für ihre Sinne. Der Geruch einer kleinen Bäckerei, die sinnigerweise eine geschäftliche Verbindung mit einem feinen Kaffeeröster eingegangen war, einfach himmlisch. Eine Symbiose, die sie einfach immer öfter vergessen ließ, was ihre Küche morgens zu bieten hatte. Ihr Blick war heute etwas intensiver, eine leichte Unruhe forderte mehr Aufmerksamkeit. Mein Handy, dachte sie und nahm ihren Schlüssel, um erneut in das Haus zu gehen. Siedend heiß wurde ihr bewusst, dass sie nur ihr Wohnungsschloss austauschen bzw. einen zusätzlichen Zylinder anbringen lassen könnte. Das Schloss der Eingangstür zum Haus wurde mit einem vierstelligen Zahlencode geöffnet. Den konnte sie nur mit Absprache der anderen Hausbewohner ändern.

Sie betrat das Haus und lief so schnell sie konnte in den obersten Stock, öffnete ihre Wohnungstür, lief weiter in den Flur, drehte wieder um, schloss die Tür, um dann ihr Handy aus dem Wohnzimmer zu holen. Sie nahm das Kissen mit dem Leopardenmuster. . .das Handy war nicht da, sie bekam einen Schweißausbruch. Panikartig riss sie alles, was auf der Couch lag hoch und warf es auf den Boden, wo ist es, ich habe es doch hier unter dieses Kissen gelegt.

"Oh mein Gott," sagte sie laut, sie musste ihre Jacke ausziehen, ihre Handtasche fiel auf den Boden, der Inhalt landete auf ihren Füßen. Ich hatte es schon eingesteckt, dachte sie, als sie es erblickte. Als sie alles wieder eingesammelt hatte, ging sie in ihre kleine Küche und nahm ein großes Glas Wasser. Den Tipp gab sie ihren Patienten, wenn Angst und Unruhe überhand nahmen. Kaltes Wasser trinken und tief Luft holen. Sie ärgerte sich über sich, denn es hatte unnütz Zeit gekostet, nach dem Handy zu suchen, was bereits in ihrer Tasche lag.

Wieder unten auf der Straße nahm sie das quirlige Treiben des Marktplatzes in Empfang und tat ein Übriges zur Beruhigung. Der Gang zum Schlüsseldienst war nun nicht mehr in ihrem Zeitplan und sie nahm sich ein Taxi zum Karolinska Institut in Solna, welches am Rand des Platzes auf Kunden wartete. Auf dem Weg wollte sie noch einen Blick in die Akten. . .

"Ich fass es nicht nicht, stopp, stopp, sagte sie zum Taxifahrer, ich muss noch einmal kurz in meine Wohnung." Der Taxifahrer hielt abrupt und Greta rannte, so schnell sie es mit diesen Schuhen konnte. Als sie mit den beiden Akten aus dem Haus kam, hatte sie die Schuhe in der anderen Hand und rannte barfuß. Der

Taxifahrer hatte die Tür bereits weit aufgestellt, sodass Greta sich nur noch hinein schmeißen brauchte.
"Haben wir verschlafen, junge Frau?" fragte er mit Blick in den Rückspiegel. Sie fand seinen grinsenden Gesichtsausdruck unverschämt, was sie zu einer schnippischen Antwort verleiten ließ.
"Was heißt wir, ich nicht, sie denn?" Entschuldigte sich aber sofort,
"Tut mir leid, aber der Tag fing nicht so gut an. Nein, ich habe nicht verschlafen." Sie nahm sich den ersten Ordner und hielt ihn so hoch, dass er sie nicht mehr sehen konnte.
Er hatte es begriffen.

K2

Liza hatte kein gutes Gefühl und dachte nur, warum habe ich hier noch aufgeräumt, warum bin ich nicht sofort in den Wagen gesprungen und weggefahren.
"Hey Ole," sagte sie und bemühte sich um einen Ton, der ihre Angst nicht durchdringen lassen durfte. Die Station ist zur Zeit nicht besetzt."
"Wieso, fragte er, nach meinen Informationen......,"
"Ja, bestätigte sie, aber ich muss dringend zur Uni nach Stockholm, ich kann jetzt doch mein Praxissemester in Deutschland absolvieren, ist das nicht toll?"
"Für dich vielleicht, aber nicht für mich," sagte Gus. Der Ton gefiel Liza nicht, genauso wie sein fieser Gesichtsausdruck.
"Ja, mein Lieber.... sie wollte ihm zuerst anbieten, mit ihr zu fahren, ließ es dann aber. Wie gesagt, es tut mir sehr leid, aber mein Studium ist mir schon sehr wichtig, wenn du verstehst, was ich meine?"

"Ich verstehe dich durchaus, aber ich glaube, du verstehst mich nicht, könnte das sein? Du wirst mir jetzt die Tür aufschließen, denn ich habe Hunger und Durst und mein Fuß tut weh. Du hast doch bestimmt auch Verbandszeug, so was muss doch in einer Touristenstation sein?" Liza überlegte, wie sie ihn überlisten konnte.
"Dein Funktelefon, gib es mir, sagte er, ich muss meine Mutter anrufen. Ich habe ihr versprochen, mich regelmäßig bei ihr zu melden. Mit meinem Handy habe ich hier im Wald kein Glück." Liza schöpfte daraus für einen kurzen Augenblick die Hoffnung, dass alles stimmte, was er sagte und gab ihm ihr Funktelefon. Sie ärgerte sich über seinen rüden Ton.
Er nahm es, schmiss es auf den Boden und trat mit dem gesunden Fuß mehrfach darauf, dass es zerbrach.
"Was tust du da, was soll das?" Ihre Stimme wurde laut und schrill.
"Das brauchen wir nicht. Du wirst mir jetzt erst einmal meine Wunde versorgen und ich habe Hunger, was haben wir denn hier alles zu essen? Was siehst du mich so an, hast du etwa Angst vor mir?" Ihr Gesichtsausdruck gefiel ihm.

"Wieso sollte ich Angst vor dir haben, gibt es denn einen Grund?"
"Wenn du das machst, was ich dir sage, brauchst du keine Angst zu haben.
Ach ja, falls du auf dumme Gedanken kommen solltest, er zog die Waffe aus seiner Jackentasche, verschwende nicht den kleinsten."
Liza bemühte sich, keine Panik aufkommen zu lassen.
"Was willst du denn von mir, iss, trink, nimm den Wagen und verpiss dich."
"Wie redest du eigentlich mit mir." Er schlug ihr mit der Waffe ins Gesicht.
Der Schlag war so heftig und unvermittelt, dass Liza rückwärts stolperte und über einen Stuhl fiel.
"Merke dir eines, so redet man nicht mit mir." Liza hielt sich die Wange und versuchte, aufzustehen. Gus humpelte zu ihr und trat immer wieder nach ihr, während sie am Boden umher krabbelte.
"Lass mich in Ruhe, du Arschloch, was hast du für Probleme? Ich habe dir nichts getan."
"Du bist ungezogen, merkst du das nicht?"

"Ich bin ungezogen, schrie sie? Was bist du denn?" Es gefiel ihm, wie sie da vor ihm auf dem Boden lag zu winseln.
"Ich habe dir gesagt, was du machen sollst, aber du tust es einfach nicht. Du gibst freche Widerworte, schreist hier rum, das kann ich nicht durchgehen lassen."
"Wer bist du, dass du über mich bestimmst, häh?" Sie spuckte ihm die Worte förmlich entgegen. Ich werde dir jetzt Verbandszeug geben, Lebensmittel sind hier, sie zeigte auf den Herd und die Küchenzeile und dann verschwinden. Meinetwegen kannst du hier bleiben, bis du ver......"Sie beendete den Satz nicht, weil sie ihn nicht weiter provozieren wollte.
"Was kann ich, spuck es aus!"
"Na, bis du fertig bist mit dem Essen," kriegte sie gerade noch die Kurve.
"Nichts dergleichen, ich werde dir sagen, was du tun darfst, so läuft das nun mal."
Sein Ton war bedrohlich und gemein.
Angst und Wut steigerten sich, dass Liza gar nicht mehr klar denken konnte.
"Du wirst mir jetzt zuerst meine Wunde versorgen und dann eine Pfanne Rühreier machen, hast du mich

verstanden?" Liza stand langsam auf, behielt Gus aber im Auge, da sie eine weitere Attacke befürchtete. Der Erste-Hilfe-Kasten hing neben der Küchenzeile an der Wand. Er folgte ihrem Blick, hatte sich an den Tisch gesetzt und die Waffe sichtbar darauf gelegt. Schmerzverzerrt versuchte er, den Schuh auszuziehen. Er biss die Zähne zusammen und bemühte sich, keinen Ton von sich zu geben. Als Liza mit dem Verbandszeug neben ihm stand und den Fuß sah, tat sie einen tiefen Atemzug.
"Du musst zu einem Arzt. Ich habe einen Erste-Hilfe-Kurs absolviert, der Fuß ist schwer entzündet, Antibiotikum haben wir hier nicht".
"Du wirst doch eine Salbe haben, so was gegen Entzündungen, stelle dich nicht so beschissen an." Der Fuß stank bestialisch und Liza ekelte sich vor dem matschigen Anblick, ihr Magen drehte sich und sie musste würgen. Die Waffe greifen und einfach abdrücken, dachte sie. Sie hätte keine Skrupel. Vor kurzem, in einer hitzigen Diskussion, hatte sie noch den Standpunkt vertreten, selbst in Notwehr, sei man keinen Deut besser als

potenzielle Täter. Nun musste sie es revidieren, diese eigene Erfahrung belehrte sie eines Besseren. Nur, was passiert, wenn die Waffe nicht echt oder sie gar nicht geladen ist, er nur blufft, dachte Liza. Er ist äußerst brutal, das hatte er ihr ja gerade bewiesen.
Wie weit würde er gehen? Liza zog sich Einmalhandschuhe an und holte tief Luft, als sie mit einer Schere den verdreckten, blutigen Strumpf aufschnitt. Dieser war an der Wunde festgeklebt. Mit einer Pinzette versuchte sie, die Wunde freizulegen. Gus gab keinen Laut von sich, Schweißperlen bildeten sich in seinem Gesicht, was Liza nicht verborgen blieb. Mit einem Alkohol getränkten Wattebausch reinigte sie den Rand der Wunde und tropfte Jod darauf, ohne ihn vorher zu warnen. Ruppig legte sie einen neuen Verband an.
"Du altes Miststück, willst du mich umbringen, schrie er sie an?" Jetzt, hier, gleich, sofort, dachte sie und sah ihn hasserfüllt an. Ihre Augen versprühten Blitze, der Blick auf die Smith & Wesson war seine Antwort.
"Du weißt, dass diese unbehandelte Entzündung dazu führen kann, Fuß oder

das ganze Bein zu verlieren?" Wäre er ein ganz normaler Typ gewesen, hätte sie ihm von ihrem Antibiotikum gegeben, was sie immer für den Notfall in ihrer Handtasche hatte. Dieses war zwar für ihre labile Blase bestimmt, aber hätte evtl. auch ihm Linderung verschaffen können.
"War doch gar nicht so schlimm, sagte er und jetzt habe ich Hunger."
Liza überlegte, ob sie ihm von hinten mit der Pfanne eins über den Schädel ziehen konnte, war sich aber bewusst, dass er sie nicht aus den Augen ließ. Vielleicht wird er nach dem Essen müde und schläft ein, es waren noch nicht alle Chancen vertan.
Als sie die restlichen Eier in eine Schüssel geschlagen hatte, vermischte sie diese mit Milch und goss die Flüssigkeit in die Pfanne. Ich könnte sie ihm auch heiß ins Gesicht knallen. . Bitte, bitte, ein paar unangemeldete Wanderer, schickte sie ein Stoßgebet mit Blick nach oben auf den Weg. Der frisst und schmatzt wie ein Neandertaler, dachte Liza, als hätte er Tage nichts zu essen bekommen und sah ihm dabei angewidert zu.

"Was ist da unter dem Teppich?"
"Unter dem Teppich, was soll da sein, die Holzdielen, wie in diesem ganzen Raum."
"Hältst du mich für blöde? Nimm den Teppich hoch, ich will es sehen". Liza erstarrte und bewegte sich ganz langsam auf den Teppich zu. Sie hob ihn an ihrer äußeren rechten Seite an, sodass Gus nicht darunter sehen konnte.
"Holzdielen, sag ich doch, unter dem Teppich ist nichts, wie kommst du darauf?"
"Du zeigst mir doch auch in diesem Augenblick, wie böse du wirklich bist. Du nimmst den hinteren Teil des Teppichs, hebst die Ecke bewusst dort an, damit ich die Kellerluke nicht sehen kann, ist das richtig?" Liza bekam einen roten Kopf.
"Sag mal, kennst du das *Märchen von der Prinzessin in der Erdhöhle?*"
"Bist du völlig durchgeknallt, du Idiot, was willst du? Ich fahre jetzt nach Stockholm, ich lasse mir von dir doch nicht meine Chance versauen."
Gus erhob sich und ging auf Liza zu. Drohend stand er vor ihr und schlug sie genau so unvermittelt ins Gesicht, wie

beim ersten Mal. Jetzt aber so stark, dass sie mit dem Kopf gegen den Holzkorb fiel und regungslos am Boden liegen blieb. Blut lief aus Nase und Mund. Gus hatte höllische Schmerzen in seinem Fuß, das Herunterbeugen steigerte diese noch, er zog den Teppich zur Seite und öffnete die Luke. Ein feuchtes, erdiges Schimmelgemisch bahnte sich seinen Weg hinauf in die Küche. Aus seinem Rucksack nahm er zwei reißfeste Nylonbänder , band Hände und Füße des Mädchens zusammen und stieß sie die Stufen hinunter. Mit einem dumpfen Gepolter fiel sie auf den feuchtkalten Boden des Kriechkellers. Eine Tüte mit alten Brötchen und 6 Tetra Packs Apfelsaft von der Küchenzeile schmiss er hinterher. Die Pfanne mit den angebrannten Rühreiern ebenfalls. *Der König kümmert sich um seine Untertanen, er lässt sie nicht verhungern und sorgt dafür, dass sie sich richtig benehmen.* Gus schloss die Luke und legte den Teppich wieder ordentlich darüber. Er nahm Waffe, Rucksack, Verbandskasten und verließ die Hütte. Der Schlüssel, er wähnte ihn in der Tür, was aber nicht der Fall war. Wut stieg in ihm hoch, er hätte die ganze Hütte auseinander nehmen und zu Kleinholz zerhacken können. Der Schmerz in seinem Bein potenzierte sich. Sein irrer Blick schweifte hektisch hin und her. Schweißperlen leckten von Nase und Kinn.

Dieses alte Miststück hat den Schlüssel in ihrer Tasche, das darf doch alles nicht wahr sein. Er riss den Teppich wieder von der Luke. Der Griff der Luke lag in einer kleinen Versenkung, damit dieser keine Stolperstelle auf dem Küchenboden bot. Rasend und schnaubend zog er so heftig daran, dass dieser abriss. Verdammte, verfickte Affenscheiße schrie er, verfickt... die Holzschraube, die den Griff mit dem Holz verband, war herausgerissen und kullerte über den Boden, aus seinem Blickfeld verschwunden.

"Halloooo, ist da jemand?" Das glaub ich jetzt nicht, dachte Gus und versuchte ein freundliches Gesicht zu machen.

"Ja," fragte er, wer ist da, hier ist geschlossen". Zwei ältere Damen in Wanderkleidung hatten den Raum betreten.

"Halt, stopp, stopp, stopp."

"Wir wollten nur..."
"Was habt ihr beiden Tröten an den drei Wörtern nicht verstanden, *hier ist geschlossen,*" sagte er betont laut und lang gezogen.
Die beiden Frauen gingen rückwärts wieder raus und suchten das Weite. Gus wühlte in den Schubladen nach einem Werkzeug, um die Luke anzuheben. Nichts.
Auf dem Schrank stand ein kleiner Werkzeugkasten, Gus zog sich einen Stuhl heran und versuchte darauf zu steigen. Mit viel Mühe gelang es ihm, den Kasten vom Schrank zu holen. Hammer und Nagel machen zu viel Lärm. Schraube, ich brauche nur eine einzige Schraube. Er wurde fündig. Mit einem viel zu kleinen Schraubenzieher versuchte er diese in die Luke zu drehen. Der große Kreuzschlitzdreher nütze nichts, da er keine passenden Schrauben dazu fand. Er musste sich hin knien, die Schmerzen waren kaum auszuhalten, da er sich nicht auf dem Fuß abstützen konnte. Ständig rutschte er ab, weil die Nut der Schraube viel zu groß war und der Schraubenzieher ständig heraus rutschte. Unzählige Male versuchte er

die Schraube hinein zu drehen, aber das Holz war über die Jahre getrocknet und hart, die Spitze der Schraube nicht spitz genug, um sich im Holz zu verankern. Aber spitz genug, um sich, als er abrutschte, einen Weg in seinen Handballen zu suchen. Vor Wut hackte er auf das Holz ein, Spucke und Rotze liefen aus Mund und Nase. Er versuchte mit dem übergroßen Kreuzschlitzschraubenzieher das vorhandene Loch im Holz zu vergrößern. Endlich, als er meinte, die Schraube säße fest genug, nahm er ein Stück Paketband aus der Kiste und befestigte dieses an der Schraube. Als er die Luke aufgezogen hatte, versuchte er etwas in dem dunklen muffigen Verlies zu erkennen. Das Mädchen lag dort und rührte sich nicht. Gus ging ganz langsam rückwärts die sechs maroden Holzstufen hinunter, die gefährlich knarrten und beugte sich über sie. Die Jackentaschen konnte er ohne viel Aufwand durchsuchen, die rechte Hosentasche in der Jeans, leer. Um in die linke Tasche zu greifen, musste er sie ein wenig auf den Rücken drehen. Nichts.
"Prinzessin, wo hast du den Schlüssel versteckt?", er hauchte die Worte kaum

hörbar in den dunklen Mief. Gerne hätte er ihr einen anständigen Tritt verpasst. Humpelnd klomm er die Treppe wieder hinauf und sah ihren Rucksack neben dem Ofen stehen. Da hätte ich ja auch zuerst nachsehen können, freute er sich in der Hoffnung, jetzt endlich fündig zu werden und abhauen zu können. Er nahm den Rucksack, öffnete alle Reißverschlüsse und kippte den Inhalt auf den Boden. Keine Schlüssel. Seine Wut war kaum noch zu ertragen, den er war es nicht gewohnt, irgendwo ausgebremst zu werden. Wo war dieser Scheissschlüssel? Wieder machte er sich auf den Weg in das stinkige Kellerloch. Hatte sie nicht eben anders herum gelegen, hatte er nicht zuletzt in der linken Hosentasche nachgesehen, oder war es doch rechts? Scheißegal, am liebsten hätte er sie jetzt wach geprügelt. Etwas blinkte in ihrer rechten Hand. Gus nahm das Schlüsselbund und meinte einen kleinen Widerstand zu spüren. Beflügelt, nun endlich fündig geworden zu sein, schleppte er sich die Treppe wieder hinauf. Langsam schloss er die Luke und legte den fadenscheinigen Läufer wieder

sorgsam darüber. Er nahm seine Sachen, was ihn sehr viel Anstrengung kostete und verließ humpelnd die Hütte, schloss ab und drückte noch ein wenig lockere Erde vom Waldboden in das Schlüsselloch. Die Fensterklappen der Hütte hatte sie ja schon verriegelt. Auf die kleine Tafel neben der Tür schrieb er: *Bis auf Weiteres geschlossen.* Der silbergraue VW Golf stand hinter dem Haus schon in Fahrtrichtung, dass er bloß hinein zu springen brauchte. Die Autotür stand noch auf, während er den Sitz in die richtige Position brachte, als vor ihm die beiden alten Tussis wieder auf der Bildfläche erschienen.
"Hallo, junger Mann, also...."begann die eine von ihnen entsetzt, als habe sie nunmehr ihre gesamten Mutreserven aktiviert. Er startete den Motor, knallte die Tür zu und gab Vollgas, so dass der Waldboden unter dem Fahrzeug in alle Richtungen zerstob.
"Ja, was denn, was wollt ihr, jetzt seid ihr sprachlos?" Die beiden konnten sich nur noch durch einen Sprung zu Seite retten. Die eine schaffte es, die andere nicht, zappelnd landete sie im Gestrüpp,

was ihm der Blick in den Rückspiegel zeigte.
"Juchuiiii.....ich habe euch zu verstehen gegeben, ihr nervt. Gussi mag das aber nicht, das solltet ihr euch merken."
Liza konnte das Auto hören, wie es davon fuhr. Sie hatte den Schlüssel leider nicht ganz in ihrer Hand verstecken können. Panik stieg in ihr auf. Sie hatte noch keinen Plan, wie sie sich aus dieser Misere befreien konnte. Sie zwang sich, ruhiger zu atmen um sich erinnern zu können, was sie in diesem Keller gesehen hatte.. Etliche Male war sie schon unten gewesen, um im Sommer die Getränke dort kühl zu halten. Eine zerbrochene Flasche lag hier schon seit langem. Jemand hatte vor Urzeiten einen undefinierbaren, selbst gebrannten Fusel mitgebracht. Der Gärprozess hatte die Flasche zum Platzen gebracht.
Mit einer Scherbe das Band durchschneiden. Ständige Szenen in irgendwelchen Kidnapperfilmen sahen doch immer so einfach aus. Waren sie das wirklich?
Etwas krabbelte ihr durchs Gesicht.
"Ähhh, ihhhh, hau ab du widerliches Vieh, ihre Zunge strich über die Lippen,

bahhh. Sie musste würgen. Es piepste aus einer der Ecken, im günstigsten Fall eine Maus, mutmaßte sie. Ich lebe und werde es auch weiterhin. Man wird mich suchen und finden, unausgesprochene Gedanken und Befehle. *Die Prinzessin in der Erdhöhle*, sann sie, ein Märchen aus ihrer Kinderzeit, welches ihr heute noch Unbehagen bereitete. Sie konnte sich daran erinnern, wie sie sich stets vorzustellen versucht hatte, in so einem Erdloch zu sitzen, eingesperrt zu sein. Ihre Schwester konnte nicht genug davon bekommen und machte sich immer einen Spaß daraus, sie bei passender Gelegenheit einzusperren. Seit dieser Zeit konnte sie es nur schwer ertragen, wenn Türen geschlossen waren. Das war einer der Auslöser. Opa hatte sie einmal versehentlich in seinem Geräteschuppen eingeschlossen, weil sie still in einer Ecke gesessen hatte und zwangsläufig Zeuge wurde, als Oma plötzlich aufkreuzte und ihre Großeltern sich ganz fürchterlich zankten. Sie schämte sich, dieses mit angehört zu haben, obwohl sie gar nichts dafür konnte. Als die beiden hinaus gingen, kam sie ganz langsam aus ihrer Ecke und

musste mit Entsetzen feststellen, dass die Tür nicht mehr aufging. Opa hatte nur den Riegel davor geschoben, weil er nicht wollte, dass sich Katzen darin einnisteten und ihre Babys dort zur Welt brachten. Sie schrie fürchterlich, ihre Schwester hatte sie gehört und auch gesehen, wie sie an dem kleinen Fenster mit den blinden Scheiben wild gestikulierte. Es hatte ihr viel Vergnügen bereitet, und das hatte sie Siri nie verziehen. Siri war knapp zwei Jahre älter als sie und immer ein klitzeklein wenig besser und weiter in allem. Egal, was sie auf die Beine stellte. Ob es Neid war, was Liza empfand, sie konnte es nicht erklären, sie wollte es inzwischen auch nicht mehr. Sie gingen sich aus dem Weg. Ihre Eltern konnten oder wollten es nie sehen. Es war unvorstellbar für sie, dass Eltern so blind sein konnten Nach deren Unfalltod hatte sie noch eine Weile bei den Großeltern gelebt. . Großmutter Lina hatte es gespürt.
"Liza, du bist anders, darüber bin ich froh und du solltest es auch sein. Lasse dich nie provozieren und sei klug, ignoriere sie einfach, dass trifft sie mehr,

glaub es mir." Liza`s Einwand war immer, sie müsse sich doch wehren und dürfe sich nicht alles gefallen lassen. "Mädchen, denk an meine Worte." Liza hatte sich daran gehalten und musste sich nicht mehr ärgern, fand es aber traurig, kein Verhältnis zu ihrer Schwester zu haben. Ihr Großvater lebte nicht mehr und Lina vegetierte in einem Seniorenheim dahin. Sie erkannte ihre Enkelin nicht mehr, wenn sie an ihrem Bett saß und ihre Hand hielt. Die unruhigen Augen ihrer Großmutter suchten im Nichts nach jemandem. Nach jedem Besuch verließ Liza das Zimmer und war unendlich traurig, dass sie es nicht war, die eine Verbindung zu dem vorherigen Leben ihrer Oma herstellen konnte. Spooky, dachte sie, zieht jetzt mein Leben noch einmal an mir vorüber, weil ich hier in diesem stinkenden Loch krepiere? Menschen, die dem Tod nahe gewesen waren, berichteten Ähnliches.
Ich nicht, die Prinzessin wird nicht in einer Erdhöhle verrecken, sie wird in ihrem überirdischen Reich weiterleben".

K3

Skuleskogen, hatte er sich überlegt, 15 Kilometer nördlich von Dockstra. Der Campingplatz, war schon damals herunter gekommen. Eine Renovierung längst überfällig, die Betreiber, ein steinaltes Ehepaar, war augenscheinlich völlig überfordert. Vor drei Jahren war er mit seiner Schulklasse dort gewesen. Der Vorteil war der günstige Preis. Nur eine Handvoll junger Wanderer, denen der Dreck nicht so viel ausmachte, hielt es hier aus. Gus hatte mit schwarzem Edding ein wenig am Kennzeichen des Fahrzeug verändert, was auf den ersten Blick nicht sichtbar war. Die beiden alten Humpelbeine hatten kein TV, sodass von dort keine Gefahr drohte. Ich werde es aussitzen, dachte er, es gibt jeden Tag neue Sensationen. Die Welt ist immer bereit für Kriege, Naturkatastrophen und Unglücke. Vor ein paar Tagen erst hatte es dieses Gemetzel in einem Feriencamp in Utöya gegeben. Er saß in seinem muffigen Schimmelzimmer, dessen verblasste Tapete grüne und schwarze Flecken zierte, die aber so gar nichts mit dem eigentlichen Blumenmuster zu tun hatten. Das Fenster stand weit offen. Stimmen waren zu hören, er fing Wortfetzen von Jugendlichen auf, die unten auf der klapprigen Holzbank saßen und ihren Biervorrat auf dem grünspanigen mit Essensresten und Vogelkacke versifften Plastiktisch ausgebreitet hatten. Schweden waren es nicht. Er beschloss, hinunter zu gehen und sich einfach dazu zu setzen. Seine Haare waren gewachsen und die schmuddelige Beany setzte er nur nachts ab. Als er die ausgetretenen, knarrenden Stufen hinunter humpelte, sein Fuß tat immer noch höllisch weh, kam der alte Trottel um die Ecke, als hätte er auf ihn gelauert.

"Na, zufrieden junger Mann?" Die Antwort war wohl nicht weiter von Interesse.

"Bezahlt wird im voraus." Gus grinste ihn nur höhnisch an, zuckte mit den Schultern und tat so, als habe er ihn nicht verstanden.

"Ich rede mit dir", sabberte der Alte. Das Kinn wackelte, als sei es mit den Jahren ausgeleiert.

"Am liebsten würde ich dir eine auf deine Kauleiste knallen, dass die letzten vermoderten Stumpen in deinem verknitterten Truthahnhals stecken bleiben," grummelte Gus, ohne seine Lippen zu bewegen.
"Reg dich ab, Alter, bin doch gerade erst angekommen."
"Eben, wir wollen doch nicht, dass du beim Abreisen diese Kleinigkeit vergisst, also, Kohle her, sonst kannst du gleich wieder gehen."
So blöde, wie der aussieht, ist er nicht, Gus holte seinen Brustbeutel unter dem Pullover hervor und drückte ihm einige Scheine in die Hand. Er sagte kein Wort, sah ihn nur verächtlich an und verließ das Haus.
Runzliges Arschloch, du kriegst deine Abreibung, verlass dich drauf, so gehst du nicht mit Gussi um, er räkelte sich im Türrahmen. Sein Fuß schmerzte.
Die drei jungen Wanderer schenkten ihm keine Beachtung.
"Hey, was plant ihr so," versuchte er ein lockeres Gespräch anzufangen.
Während sie sich weiter unterhielten, blickten sie ihn an, ohne ihm jedoch Beachtung zu schenken. Er setzte sich

einfach dazu und wartete darauf, dass sich einer aus der Runde seiner annahm.

Der Alkohol hatte ihre Zungen gelockert, was unschwer zu überhören war und sie lachten laut und albern über Bemerkungen, die Gus nicht verstand.

Die Sprache hörte sich deutsch an.

Da sie alle lachten und ihn ansahen, beschlich ihn das Gefühl, dass er der Grund war. Das hasste er. Dieses Gefühl, dass sich andere über ihn lustig machten und er nicht einmal erkennen konnte, warum. Es brodelte in ihm. Schnaubend sprang er auf, der Tisch kippte um.

"Sorry Guys", sagte er, half ihnen aber nicht, die umgeworfenen Dosen wieder einzusammeln oder den Tisch wieder aufzurichten. Der kleine Drahtige stand in Sekundenschnelle vor ihm, blitzte ihn an.

"Pick up, quickly!"

Gus wollte ihn zur Seite drücken, aber es war, als stände er vor einer Wand.

Der schlanke Rothaarige packte ihn hinterrücks am Kragen. Er verlieh dieser Aufforderung noch einmal schmerzlich Nachdruck, indem er diesen zusammen mit seinem Nackenhaar kräftig herumdrehte. Gus hatte das Gefühl, als

steckte sein Hals in einem Schraubstock, der gleichzeitig seinen Adamsapfel nach innen drückte. Ihm blieb die Luft weg. In diesem Augenblick erschien ihm die längliche unproportionierte Kopfform seines Peinigers, als sei er der lebende Beweis einer misslungenen Zangengeburt. Der große Fettsack hatte seine Massen nun ebenfalls in Bewegung gesetzt und stellte sich auf seinen Fuß, den verletzten Fuß. Tränen verschleierten in Sekundenschnelle seinen Blick, er presste die Lippen zusammen.
"OK, OK, OK," sie ließen ihn so ruckartig los, dass er zu Boden fiel. Einer von den dreien trat ihm noch kräftig in den Hintern. Er kippte vornüber und verdrehte sich nun auch noch seinen Fuß, der ohnehin infernalisch schmerzte, nachdem dieses fette Schwein seinen Elefantenfuß darauf gesetzt und diesen noch einmal ordentlich gedreht hatte. Gus musste sich beherrschen, nicht seine Knarre aus der Tasche zu ziehen und alle drei sofort ins Jenseits zu befördern..
Wut, unbändige Wut. Heißer Dampf in Mund, Nase und Ohren. Überdruck. Als

er sich aufgerichtet hatte, stellte er den Tisch wieder richtig hin, um anschließend die am Boden liegenden Bierdosen darauf zu platzieren.

Die drei Deutschen lachten dieses widerliche, alberne, überdrehte Lachen, eines der vielen Gegenleistungen des Alkohols.

"Das werdet ihr bereuen," brummelte er in seinen Pulli, während er wieder auf sein Zimmer wankte. Sein Essensvorrat hatte sich gelichtet und er überschlug, wie viel Tage seine Haferkekse, Erdnüsse, Schokoriegel und Saftpäckchen noch reichen könnten. Drei maximal vier, denn diesen Fraß da unten würde er nicht anfassen. Er hatte die vertrocknete alte Ziege, so meckerte sie auch, dabei beobachtet, wie sie auf dem Küchentisch mit dem völlig verfetteten, ranzig stinkenden Kater spielte, der sich ein paar Leckerbissen vom Abendessen schmecken ließ. Zum Kotzen, dieses Vieh. Wer schlimmer stank, der Kater oder die Alte, erschloss sich ihm nicht. Wirklich wissen wollte er es ohnehin nicht und zwang sich, den Gedankengang nicht zu vertiefen, wo dieser seinen Ursprung hatte. Die Alte küsste den Kater immer wieder, während sie Brot, Käse und Wurst auf alten abgewetzten Platten verteilte, deren Muster kaum noch zu erkennen waren. Zwischendurch steckte sie auch sich selbst immer wieder etwas in ihr verkrustetes Maul und leckte sich die Finger, um dann wieder an der Katze herum zu friemeln. Übermorgen dachte er, übermorgen bin ich weg. Hier entdeckt mich so schnell keiner und der alte Stinksack hatte schließlich schon sein Geld bekommen. Der säuerliche penetrante Geruch, der von ihm ausging, war eine Vereinigung von Luftströmungen aus seinem Hals, der direkten Verbindung zu seinem Verdauungstrakt sowie Körperöffnungen der unteren Region. Die Klamotten könnte man so in die Ecke stellen, sie würden nicht umfallen, dachte Gus. Daran, was er darunter trug, wollte er keinen Gedanken verschwenden. Die Hände mit den Fingernägeln waren schwarz von all dem Dreck, der für den Rest seines Lebens an ihm kleben würde. Zwei Nächte werde ich noch aushalten, zwei Nächte, nicht mehr.

K4

Greta erreichte gerade pünktlich die Klinik, der Straßenverkehr morgens zur Rushhour war heute besonders schlimm, denn es regnete. Viele Radfahrer hatten ganz offensichtlich ihr Auto aus der Garage geholt und verstopften die Straßen ungewöhnlich stark.
Sie hasste es, so spät anzukommen, da sie gerne alles in Ruhe anging.
Dieses war wichtig für sie selbst und für ihre Patienten. Jede Unruhe übertrug sich sofort und führte erfahrungsgemäß die Gespräche in eine ganz andere Richtung. Patienten erwarteten Vollkommenheit, mit dem Unvollkommenen hatten sie selbst zu kämpfen. Sie war ihre Stütze, ihre Hilfe, die alles zu richten hatte. Die kleinste Veränderung wurde mittels der Übersensibilität der Patienten sofort wahrgenommen. Wenn sie eines im Laufe ihrer langen Berufserfahrung gelernt hatte, ihre eigenen ganz persönlichen Probleme mussten während der Behandlung ganz tief verschlossen werden.

Nils, ein junger Mann, war in der zweiten Sitzung aufgestanden und gegangen.

"Kümmern sie sich erst einmal um ihre eigenen Probleme, dann komme ich wieder."

Greta hatte, während er sprach, aus dem Fenster gesehen und ihm gar nicht zugehört.

Dieses Erlebnis hatte sich bei ihr eingebrannt.

Greta fuhr in den 5 Stock mit zwei Putzfrauen und einem jungen Mann, der schon seit geraumer Zeit bei einem Kollegen in Behandlung war. Während der ganzen Fahrt nach oben, stand er mit weit aufgerissenen Augen in ihre Blickrichtung und sah abwechselnd panisch auf seine Uhr und auf die Anzeige des Stockwerkes. Als der Fahrstuhl im zweiten Stock anhielt, um einen weiteren Gast aufzunehmen, musste er ganz offensichtlich mit sich einen Kampf ausfechten, dort nicht schon auszusteigen. Das Treppenhaus war für 30 Minuten wegen einer Baumaßnahme gesperrt. Mit dem Fahrstuhl zu fahren, war augenscheinlich eine Höllenqual für ihn. Greta wollte ihn

ansprechen, um ihn abzulenken, ließ es aber. Vielleicht war es ja eine gute Erfahrung für ihn, es ohne Hilfe zu schaffen und heil aus dem Fahrstuhl zu steigen. Als der Fahrstuhl im 4 Stock erneut anhielt, veränderte sich sein Gesichtsausdruck furchtbar und er holte eine Plastiktüte aus seiner Jackentasche, mit der er sich die ganze Zeit schon im Raschelmodus befand. Nun hielt er es nicht mehr aus und atmete in die Tüte. Ein, aus, ein, aus. Greta suchte den Blickkontakt, machte einen halben Schritt in seine Richtung und berührte sanft seinen Arm. Sie beugte ihren Kopf an sein linkes Ohr und flüsterte:
"Du machst alles richtig, es kann dir nichts passieren."
Dankbar blicke er sie an und versuchte krampfhaft zu lächeln, was ihm nicht so ganz gelang.
"Keine Angst, alles ist gut, ich bin bei dir. Langsam ein und aus atmen, so ist es richtig."
Der 5. Stock war erreicht und alle verließen den Fahrstuhl.
Schnell stopfte er seine Tüte wieder in seine Jackentasche.

" Das war das erste Mal, dass ich in diesem Fahrstuhl allein, na ja, fast allein, gefahren bin und wissen sie was, ich habe es geschafft, ich habe es geschafft. Ich bin gut. Hah."
" Du kannst stolz auf dich sein..., wie heißt du?"
" Kalle".
"Kalle, weißt du was, du hast zwei Dinge geschafft."
"Zwei, wieso zwei?"
"1. Die Fahrstuhlfahrt und 2. du hast dich gerade selbst gelobt, das ist genauso wichtig."
Du hast dich selbst belohnt, weil du es einfach für dich festgestellt hast, dass du gut bist. Du hast mich nicht gefragt, ob du gut bis, das ist ein großer Unterschied.
Du kannst gleich meinem Kollegen deinen Erfolg präsentieren. Kalle, ich wünsche dir einen ganz tollen Tag, du bist auf dem richtigen Weg."
Beschwingt ging Greta zu ihrem Behandlungszimmer. Marit, ihre Assistentin saß bereits an ihrem Schreibtisch.
"Hey, strahlte sie Greta an, Kaffee?"

"Gerne," Greta war dankbar, eine Assistentin wie Marit zu haben. Sie war immer guter Laune
und hatte ihre Arbeit im Griff. Zuverlässig und vorausschauend.
"Danke Marit, hab ich dir schon gesagt, dass ich froh bin, dass du hier bei mir arbeitest?"
Marit sah sie leicht beschämt an und versuchte zu lächeln.
" Was ist, hat es dir die Sprache verschlagen?"
"Ist Lebbe schon da?"
"Ja, seine Mutter aber auch, leider."
"Ich möchte mit dem Jungen alleine sein, die Mutter ist die Ursache seiner Sprachlosigkeit und stört nicht nur den Jungen, raunte sie leise. Ich gehe in mein Zimmer, versuche bitte, nur ihn herein zu holen. Marit nickte. Ihre Fröhlichkeit war weg. Sie öffnete die Tür zum Wartezimmer.
"Hey Lebbe, schön, dass du da bist, Greta wartet auf dich." Lebbe blickte verunsichert zu seiner Mutter, die gleichzeitig aufsprang.
"Mmh, Frau Olberg bitte, ich habe noch ein wenig Papierkram mit ihnen zu besprechen, Lebbe ist schon groß und

kann sich allein mit Greta unt.., also.. er kommt alleine zurecht, glauben sie mir."
"Ja, aber, ich bin seine Mutter und möchte nicht, dass er dort allein...."
"Greta ist eine sehr erfahrene Kinder- und Jugendpsychologin, bitte lassen sie die beiden doch ein wenig allein, dass ist auch für den Jungen besser."
"Was heißt besser für den Jungen, ich möchte dabei sein, wenn er wieder sprechen sollte."
"Genau das ist es ja, er sollte sich jetzt nicht kontrolliert fühlen. "
"Was erlauben sie sich, haben sie Kinder, können sie das überhaupt beurteilen?"
"Nein, Kinder habe ich nicht, aber durch meine Arbeit mit Greta ein Menge Erfahrungen gesammelt.Was halten sie von einer Tasse Kaffee? Setzen sie sich in den Strandkorb mit den Kopfhörern und genießen sie die Geräusche des Meeres. Das wird ihnen gut tun."
Lebbes Mutter nahm den Kaffeebecher und setzte sich in den Strandkorb. Marit legte ihr die Kopfhörer an und die flauschige Decke über die Beine.
"Bitte, hab ich doch gerne gemacht, sagte sie mit übertrieben lauter Stimme wegen der Kopfhörer, da Lebbe´s Mutter

es nicht für nötig hielt, sich zu bedanken. Verstohlen blickte sie ab und an zu ihr hinüber und sah, dass sie sich mit geschlossenen Augen zurückgelehnt hatte. Der Kaffeebecher stand noch unberührt auf der kleinen ausklappbaren Ablage im Innenraum des Strandkorbes.
"Hey Lebbe", begrüßte Greta den Jungen. Zaghaft streckte er ihr seine kleine Hand entgegen und versuchte zu lächeln.
"Wie geht es dir?"
Mit seinen großen braunen Augen blickte er Greta an. Sein Gesichtsausdruck war so traurig und formte das Wort *Hilfe*. Greta konnte sehen, wie zerrissen der Junge innerlich war und mit sich rang, der Welt seinen Kummer mitzuteilen.
"Lebbe, du kannst mir alles sagen, es bleibt bei mir hier drin und sie hielt dabei ihre rechte Hand auf ihre Brust. Bitte habe keine Angst, deine Mutter kann uns nicht hören. Bitte, bitte, lass dir doch helfen."
"Ich, ich"... fing er ganz leise an zu stammeln.
"Ja, mein Kleiner, was, komm sag es mir."

"Papa............, ich vermisse meinen Papa so und Mama will nicht, dass wir uns sehen."
"Lebbe, du sprichst mit mir, das ist gut, weiter" flüsterte sie ihm ins Ohr.
"Wir werden eine Lösung finden und ich habe folgenden Vorschlag: was du mir gerade anvertraut hast, bleib erst einmal unser Geheimnis, wir erzählen es deiner Mutter noch nicht. Lügen werden wir nicht, ich werde ihr sagen, du hast mir deinen Namen und dein Lieblingstier genannt. Hast du ein Lieblingstier?"
"Erdmännchen, die sind niedlich, ganz schlau und haben Familien, die immer alle zusammen sind und auf einander aufpassen. Papa hat mir immer aus diesem Buch vorgelesen."
"Ich werde mir etwas überlegen, versprochen." Das Herz tat ihr weh beim Anblick von diesem kleinen Kerl, der seinen Vater vermisste und sich nach einer heilen Familie sehnte.
"Eine Frage habe ich aber noch,. was ist mit dem neuen Freund deiner Mutter?"
"Der ist nicht mein Papa und der guckt mich immer so an, als.....wenn ich weggehen soll."

Greta stand auf, nahm Lebbe ganz fest in den Arm und flüstere ihm ins Ohr:
"Ich werde alles in meiner Macht stehende für dich tun, mein Kleiner, darauf kannst du dich verlassen."
Mit dem Jungen an der Hand verließ sie ihr Zimmer und ging nach vorne zu Marit.
"Wo ist Mama?"
"Deine Mama schläft da vorn im Strandkorb, sagte Marit, geh leise zu ihr und wecke sie."
"Dann schimpft sie wieder mit mir, ich darf sie nicht wecken, sie wird dann immer so böse."
Die beiden Frauen tauschen Blicke, die jedes Wort überflüssig machten.
"Dann werde ich es eben tun, mein Kleiner," sagte Marit und ging zu ihr hinüber.
"Ich glaube, ich habe geschlafen." sagte Frau Olberg.
"Und wie, entfuhr es Marit in einem eiskalten Ton und geschnarcht, wie ein Waldesel."
Lebbe musste lachen.
"Und wie war es heute, hat er wieder nichts gesagt?" Die Frage richtete sie

über seinen Kopf hinweg direkt an seine Therapeutin.
"Fragen sie doch bitte ihren Sohn selbst, wie wäre das?" Lebbe hatte immer noch die Hand von Greta fest im Griff und drückte sie, dass seine Finger weiß wurden.
"Also Lebbe, hast du mir etwas zu sagen." fragte sie in einem Ton, der selbst einen Erwachsenen frieren ließ.
Lebbe atmete stockend und fing an zu zittern.
"Frau Olberg, bitte kommen sie mit in mein Büro." Der Ton ließ keinen Widerspruch zu.
"Marit, sei so lieb und gib Lebbe einen Fruchtsaft."
" Gerne, wird sofort erledigt".
Greta schloss die Tür ihres Zimmers und bot Lebbes Mutter keinen Platz an, sie selbst setzte sich auf ihren Stuhl und maß sie von oben bis unten mit gezielter Verachtung.
"Ich möchte ihnen sagen, dass ihr Sohn gesprochen hat...."
"Was denn, was hat er ihnen denn für einen Blödsinn erzählt?"

" Sie sollten sich freuen und das, was er mir mitzuteilen hatte, sollte ihnen zu denken geben.
Als ich ihn nach seinem Lieblingstier gefragt habe, war seine Antwort *Erdmännchen*."
"Na und, viele Kinder mögen Erdmännchen, sind doch auch ganz possierliche Viecher."
"Wissen sie, was ihm an diesen possierlichen Tieren gefällt? Die Familien sind immer für alle da und passen auf einander auf."
"Lebbe hat auch eine Familie, die immer für ihn da ist."
" Hat er das? Frau Olberg, können oder wollen sie mich und ihren Sohn nicht verstehen? Als ich ihren Sohn eben bat, sie zu wecken, was glauben sie, hat er darauf geantwortet?
Ich erwarte von Ihnen, dass sie darüber nachdenken. Sie werden ihm gegenüber kein Wort über unser Gespräch verlieren, haben sie mich verstanden?"
" Wollen sie mir drohen?"
"Drohen, nein, ich möchte ihnen nur einen Weg aufzeigen, wie sie wieder Zugang zu ihrem Kind bekommen, denn eines ist jetzt offensichtlich. Ihr kleiner

siebenjähriger Sohn hat unbeschreibliche Angst. Bitte nehmen sie das nicht auf die leichte Schulter. Ach ja... Kindesmisshandlungen sind nicht nur physisch.
"Das muss ich mir von ihnen doch nicht sagen lassen."
"Ich fürchte doch, denn ich gehöre einer Organisation an, welche sich gerade um diese Kinder kümmert. Sagt ihnen KIWANIS etwas?
"Was soll das sein?"
"Bitte, ihr Sohn ist noch so klein, seien sie für ihn da, er braucht sie und vermisst seinen Vater sehr, " überging sie die schnippische Frage.
"Dieses miese Schwein hat eine Neue und zahlt keinen Unterhalt."
"Dafür kann Lebbe aber nichts, er versteht es auch gar nicht. Versuchen sie, auch zu seinem Vater ein Verhältnis herzustellen, denn was passiert mit dem Jungen, wenn ihnen etwas zustößt und sie nicht mehr für ihnen da sein können?"
Egal, was sie und sein Vater miteinander ausfechten, sorgen sie dafür, dass der Junge Kontakt zu ihm bekommt, er

vermisst ihn. Ist er Alkoholiker oder hat er Lebbe schlecht behandelt?"
"Nein, er hat mich..., er hat uns verlassen."
Greta dachte nur, dafür hatte er wohl allen Grund.
"Bitte bemühen sie sich um ein gutes Miteinander, sie werden sehen, es wird ihnen allen gut tun. Zeigen sie Stärke, Lebbe wird es ihnen danken." Greta stand auf, gab ihr die Hand und rang sich ein Lächeln ab, was ihr sehr schwer fiel, denn sie mochte diese Frau ganz und gar nicht. Frau Olberg hatte trotz ihrer tonnenschweren Schminke eine leicht grünliche Grundierung im Gesicht, die im Farbwechsel die Oberhand gewann.
"Hey Mama, geht es dir gut?" Er nahm die Hand seiner Mutter und beide verließen die Praxis. Lebbe drehte sich noch einmal um und winkte mit seiner kleinen Hand.
Seine Mutter sagte nichts.
"Er fragt seine Mutter, ob es ihr gut geht, sollte das nicht anders herum sein," fragte Marit, als die beiden die Praxis verlassen hatten.

"Es ist einfach nicht zu fassen, diese Frau, diese Mutter ist eiskalt, egoistisch und herzlos."
Die Tür ging noch einmal auf und Lebbes Mutter sagte nur fragend ein Wort:
"KIWANIS?"
Greta nickte in ihre Richtung und dann zu Marit.
"Das war wieder das Zauberwort".
"Ich habe überzogen und muss mich beeilen antwortete Greta auf die Frage, ob sie einen Kaffee bräuchte, ein Lächeln huschte über ihr Gesicht.
"Welch großes Zauberwort", sagte sie mehr zu sich selbst.
"Doktor Surström hat soeben angerufen, du brauchst nicht zu kommen, Ella ist völlig ausgerastet, sie musste sediert werden."
"Eine weitere Reaktion der unzähligen Kinder, welche die Trennung der Eltern auf ganz eigene Art verarbeitet. Sprachlosigkeit, Zorn, körperliches Attacken, wie in diesen beiden Fällen, waren nur ein paar des breiten Spektrums.

"Ich trinke den Kaffee und werde trotzdem zu Ella gehen, ich muss sie sehen."
"Hab ich mir schon gedacht, deswegen ist der Kaffee auch schon etwas abgekühlt."
"Marit, komme bitte niemals auf die Idee, mich zu verlassen, dir einen anderen Arbeitsplatz zu suchen, umzuziehen oder auszuwandern. "
"Ich erlaube dir, schwanger zu werden, ja, darüber können wir reden, hörst du?"
Das Lächeln gefror Marit im Gesicht und sie hatte Mühe, das zu überspielen.
"Marit, auf Lob reagierst du heute nicht, hab ich Recht?"
Sie reichte Greta den Becher mit dem schielenden Weihnachtselch, der hier das ganze Jahr über im Einsatz war. Greta hatte so ihre Gewohnheiten, einer war dieser abgenutzte Kaffeebecher mit etlichen Macken. Irgend etwas stimmt mit Marit nicht, dachte sie.
"Wenn dich etwas bedrückt, ich bin immer für dich da" sagt sie zu ihr, während sie den Raum verließ.
Nachdem sie sich davon überzeugt hatte, dass Ella fest schlief und sie ein paar Worte mit Doktor Surström gewechselt

hatte, freute sie sich auf das Treffen mit TT. Ella ist ein Sorgenkind, dachte sie, keinerlei positive Signale, ganz im Gegenteil.

Sie hatte noch genug Zeit, um sich kurz ein paar Notizen von Ella und Lebbe zu machen.

Als sie ihren Bereich betrat, flirtete Marit mit dem jungen Assistenzarzt, der zur Zeit auf der Station ein Praktikum absolvierte. Mats, ein hübscher dunkelhaariger Kerl mit blauen Augen, so gar nicht schwedisch. Alle weiblichen Mitarbeiterinnen, einschließlich Patientinnen, schmolzen dahin, wenn dieser verwegene junge Arzt aufkreuzte. Er sah mit dieser out of bed-Frisur und seinem Dreitagebart aus, als käme er gerade aus der Kneipe. Sein offener Kittel ließ freien Blick auf seine knallengen Jeans, welche zu seiner Attraktivität beitrug und.....neugierig machte. Ein richtiges Objekt der Begierde, dachte Greta. Sie ging in ihr Zimmer und tauschte die weiße Bluse gegen den Ersatz, der immer in ihrem Schrank ging, für den Fall der Fälle. Dieser war heute, sie wollte TT nicht

verschwitzt entgegen treten. Keine zwei Minuten später verließ sie ihren Bereich.
"Bis morgen." Die gesamte Aufmerksamkeit der beiden galt mit Sicherheit nicht ihr, da war sie sich sicher. Ihr Abschiedsgruß verhallte ungehört. .
Vor der Klinik standen Taxen und Greta beschloss kurzfristig, sich eines zu gönnen. Sie wollte sich entspannen und freuen. Der Fahrer des zweiten der fünf Taxen drückte kurz auf seine Hupe, um auf sich aufmerksam zu machen. Es war der Fahrer von der Hinfahrt am Morgen und Greta überlegte kurz, ob sie es einfach ignorieren sollte. Da sie noch ein schlechtes Gewissen hatte wegen ihrer schlechten Laune, winkte sie kurz zurück und steuerte sein Fahrzeug an.
"Hey, sagte sie, ich möchte in die Innenstadt zum *Kastanjen.*"
"Das geht in Ordnung, sagte er. Wie war ihr Vormittag, etwas entspannter, als der Start heute Morgen?"
"Ja, danke, alles gut."
Er ließ sie in Ruhe und stellte keine weiteren Fragen, blickte nur ab und an in den Rückspiegel.

Greta verabschiedete sich höflich am Ziel und gab ihm ein ordentliches Trinkgeld.

Er staunte nicht schlecht und gab ihr seine Karte.

"Falls sie wieder Bedarf haben, rufen sie mich gerne an."

Greta nahm die Karte und lächelte höflich zurück.

Schnellen Schrittes steuerte sie das *Kastanjen* an und merkte, wie ihr Herz schneller schlug.

Sie betrat das Lokal in der Hoffnung, sie sei zuerst da, aber TT saß schon an einem kleinen
Tisch in der hinteren Ecke am Fenster, ihrem Lieblingsplatz. Er sprang auf, als er sie erblickte und stieß mit seinem Knie an das Tischbein, sodass sein Teeglas wackelte, umkippte, und der Inhalt seine Tageszeitung vereinnahmte. Sie wusste nicht, was witziger war, diese Situationskomik oder das schräg gemusterte Hemd, was er trug. Oder beides. Dann machte er einen übergroßen Schritt auf sie zu, als nähme er Anlauf, da er durch den Stoß ins Trudeln geraten war.

"Schön, sie zu sehen sagte er, ich freue mich, dass sie Zeit für mich haben."
"Ja, ich freue mich auch"....
"Tut mir leid, so begrüße ich normalerweise meine Gäste nicht."
"Schon OK, sie haben nichts abbekommen, oder?"
"Bleibt es bei Kakao mit Sahne und Zitronentorte?"
"Nur der Gedanke daran hat mich diesen Vormittag überstehen lassen."
"So schlimm?"
"Ja, die Schicksale der Kinder, die ich betreue, sind manchmal unerträglich. Eigentlich sind es die Eltern, die unerträglich sind, sie müssten therapiert werden. Diese kleinen Wesen werden herum geschubst und benutzt, aber nach außen ist immer alles bestens."
"Wem sagen sie das, auch wir erleben es in unserem Alltag immer wieder. Häusliche Gewalt nimmt zu und bei Trennungen werden die Kinder benutzt, um dem Partner das Leben zur Hölle zu machen."
Nachdem die Bedienung Kakao und Torte gebracht hatte, fragte Greta ohne Umschweife:

"Warum wollten sie mich treffen Thore, oder soll ich lieber TT sagen?"
Da er nicht so direkt mit ihrer Frage gerechnet hatte, war er ein wenig verblüfft und ließ sich Zeit mit seiner Antwort. *Weil ich dich wiedersehen wollt*e, hätte er am liebsten gesagt.
"Wir sind immer noch keinen Schritt weiter im Fall des misshandelten Mädchens im Muddus.
Das Mädchen ist nach wie vor nicht vernehmungsfähig, das heißt, es ist nicht möglich, mit ihr ein Gespräch zu führen. Sie ruft nur nach ihrem Bruder, ist aggressiv und unberechenbar."
"Sie hat mich schwer verletzt, sagte Greta leise, nicht nur physisch auch psychisch.
Anfangs dachte ich, ich könnte bei ihrer Therapie dabei sein, aber es funktioniert nicht, wenn man selbst das Opfer ist. Auch ein Opfer ist, verbesserte sie sich. Es ist eine ganz schlimme Geschichte. Corin, ist in einer geschlossenen Einrichtung untergebracht, da sie ständig beaufsichtigt werden muss, zum Schutz der Umwelt und auch für sie selbst."

"Vermuten sie denn, dass ihr Stiefbruder mit dem Verschwinden des anderen Mädchens in Zusammenhang steht?"
"Ja, die Spurensicherung hat bestätigt, dass er dort in der Hütte war. Eine Wunde an seinem Fuß wurde dort versorgt. Die Hütte wurde verschlossen, das Schlüsselloch mit Erde verschmiert. Der Wagen des Mädchens ist ebenfalls nicht aufzufinden. Wir stehen vor einem Rätsel."
"Wieso Wunde am Fuß, woher wissen Sie das? Wie soll ich ihnen helfen?
"Das wissen wir von dem Jagdaufseher, der im Muddus von ihm angeschossen wurde.
Meine Hoffnung war, durch sie Kontakt zu dem Mädchen zu bekommen."
"Ich fürchte, das ist ausgeschlossen, sie ist völlig irre, um es auf den Punkt zu bringen."
Thore druckste ein wenig herum, denn dass, was er vorhatte, war nicht ganz in Ordnung, er runzelte die Stirn und sah angestrengt aus dem Fenster. Ein Räuspern, das im Husten endete, überzeugte Greta beides nicht.
"Nun mal raus mit der Sprache, was haben sie sich überlegt?"

"Wenn wir oder sie allein, ganz subtil, versteht sich, ihr von Gus erzählen, könnte es nicht sein, dass sie uns oder ihnen zuhört?
"Glauben sie denn wirklich, dass das noch nicht versucht wurde?"
"Ja schon, aber vielleicht könnten wir von den Eltern ein paar Dinge erfahren aus der Kinderzeit, wo die ganz Familie zusammen etwas Besonderes erlebt hat, schöne Ferien oder so etwas in der Art?"
Greta überlegte einen Moment und nickte.
"Die Idee ist gar nicht so übel. Ich werde Kontakt zu den Eltern aufnehmen und mir eine Strategie überlegen."
"Könnten wir das gemeinsam..., ich meine, das Gespräch mit dem Mädchen führen?"
"Dazu benötige ich die Erlaubnis der Eltern, aber unabhängig davon möchte ich dem Kind keine fremde Person präsentieren. Sie hat völlig dicht gemacht und jede Veränderung des Status Quo könnte die Genesung weiter hinaus zögern, oder auch verschlechtern."
"Was macht sie da so sicher, kann nicht genau das Gegenteil eintreffen?"

"Ich bin zu einem Kompromiss bereit, Kontaktaufnahme zu den Eltern, um ein besonderes Erlebnis der Familie zu erfahren, womit wir eventuell Zugang zu dem Mädchen bekommen."
"Einverstanden, dann sehen wir weiter."
Greta fühlte sich wohl in seiner Gegenwart und sah ihn einen Augenblick zu lange an.
Thore spürte dieses und wollte etwas sagen, aber es dauerte, bis ihm etwas Gescheites einfiel.
"Hätten sie Lust, abends einmal mit mir aus zu gehen?"
"Ja, gerne. Die Antwort kam so schnell, als habe sie schon eine Ewigkeit auf diese Frage gewartet.
"Wir telefonieren, wenn ich von Corins Eltern etwas Brauchbares erfahren habe. Dann überlegen wir uns, wohin wir gehen."
"Haben sie heute Nachmittag frei", fragte er?
"Ich habe keine Termine im Krankenhaus mehr, aber ich benötige ein neues Türschloss."
"Ein neues Türschloss, haben sie ihren Schlüssel abgebrochen oder verloren?"
Greta ließ die Antwort offen.

"Neue Tapeten, neue Möbel, was man ab und an so braucht."
Thore wagte nicht zu fragen, ob sie einen Wohnungswechsel plane, oder umgezogen sei.
"Kann ich sie denn ein Stück mitnehmen, bevor ich wieder in mein verschlafenes Gällivare fahre?"
"Das ist lieb, aber um diese Zeit gehe ich gerne durch die Innenstadt nach Hause, ich habe noch einiges zu erledigen."
Sie standen beide auf, nahmen ihre Jacken und verließen das Kastanjen, nach dem Thore bezahlt hatte.
Einen Moment standen sie etwas unbeholfen voreinander, als wollten sie den Abschied hinauszögern. Sie gaben sich die Hand, sahen sich an, trauten sich aber nicht, einander zu umarmen, obwohl beide nichts lieber getan hätten.
"Sie rufen mich an, ganz bestimmt?"
"Versprochen" hauchte Greta.
Thore ging zu seinem Auto, drehte sich noch einmal um mit den Worten:
"Thore wäre gut, TT sagen nur meine Kollegen."
Greta machte sich auf den Weg in die Innenstadt. Sie fühlte sich gut.

K5

Liza versuchte sich zu orientieren, obwohl ihr Kopf dröhnte und der Unterkiefer schmerzte.
Vorsichtig versuchte sie, diesen hin und her zu schieben, was ihr auch gelang. Gebrochen war er wohl nicht. Dabei schmerzte auch ihre Nase, die ebenfalls einen Schlag abbekommen hatte. Bauch und Rücken waren nicht so schlimm, tröstete sie sich selbst. Bei den Bewegungen stieß sie an die Treppe, also hatte sie diese im Rücken. Auf der rechten Seite waren die Regale, überlegte sie, also müsste dort auch die zerbrochene Flasche liegen, wenn sie sich richtig erinnerte. Sie versuchte, die Beine anzuwinkeln um sich somit erst einmal in Bewegung zu bringen, was ihr erstaunlicherweise auch gelang. Sie stieß dabei aber mit dem Kopf gegen die letzte Stufe der brüchigen Treppe. Sie bog den Oberkörper so weit nach rechts, dass sie keinen Widerstand mehr spürte und versuchte es erneut. Die Bewegungen gingen langsam, aber es funktionierte. Anwinkeln, schieben, anwinkeln, schieben. Sie spürte ein Schaben und

gleichzeitig einen Gegenstand im Rücken. Es könnte eine Scherbe sein. Durch hin und her schaukeln, zusammen rollen, Beine anwinkeln gelang es ihr, den Gegenstand mit der linken Hand zu berühren. Zeigefinger und Daumen erfassten einen kleinen runden Gegenstand, offensichtlich der Verschluss der zerborstenen Flasche, wie es sich anfühlte. Dann konnten die Scherben nicht weit sein. Während sie den Verschluss drehte, stach etwas in ihren Handrücken. Eine Scherbe, freute sie sich. In der großen Freude packte sie diese genau wie den runden Verschluss mit Zeigefinder und Daumen. Das nasse Gefühl ließ sie wissen, dass sie sich geschnitten hatte. Adrenalin hatte den Schmerz ausgeschaltet, denn sie empfand nichts, im Moment noch nicht. Sie drehte sich auf die Seite und versuchte, die Scherbe in die rechte Hand zu schieben, um dann das Band um ihre Handgelenke zu trennen. Sie stach einige Male ins Leere, ehe sie den richtigen Ansatz hatte, um mit kleinen Bewegungen zu schneiden. Offensichtlich schnitt sie aber mit der falschen, mit der stumpfen Seite, denn es rutschte einfach nur. Vorsichtig versuchte sie, die Scherbe zu drehen, wobei sie aber entglitt. Liza begann zu schwitzen, was sie immer tat, wenn sie sich wegen einer Sache abmühte, die aber nicht auf Anhieb gelingen wollte. Ungeduld war eine ihrer negativen Eigenschaften. Vorsichtig schob sie ihre rechte Hand über dem schmutzigen, rauen Kellerboden. Endlich, bekam sie die Scherbe wieder in ihre Finger und befühlte sachte beide Kanten. Sie fasste die glatte und nahm sie erneut, um mit den Schneidebewegungen fort zu fahren. Kurze kappe Bewegungen brachten den gewünschten Erfolg, das Band war getrennt. Die Wahrnehmung der Trennung des Bandes erfolgte gleichzeitig mit dem Schnitt in ihre Haut, da die Scherbe keinen Widerstand mehr hatte. Tränen liefen über das Gesicht, Tränen der Freude. Alles wird gut, alles wird gut, Prinzessin.

Ein dünner Streifen Licht an der linken oberen Wand war zu erkennen. Das muss die Außenwand sein, dachte Liza, während sie sich erst einmal hinsetzte und sich mit dem Rücken gegen das untere Geländer lehnte. Die Füße waren schnell getrennt.

"Die Prinzessin kann sich befreien, du Blödmann, ich habe es dir doch gesagt," flüsterte Liza.

Wurde dort oben ein Fenster mit Brettern zugenagelt? Liza erhob sich langsam, denn es gab nun kaum noch eine Stelle an ihrem geschundenen Körper, den sie nicht spürte.

Sie hielt ihre ausgestreckten Arme zum Schutz vor sich und bewegte sich auf den Lichtstreifen zu. Die Decke war, wie üblich in Kellern, mit nach oben ausgestreckten Armen zu erreichen. Gleichzeitig schlurfte sie mit den Füßen langsam vorwärts, um nicht zu stolpern oder irgendwo gegen zu treten. Als sie die Wand erreicht hatte, konnte sie fühlen, dass ihre Vermutung zutraf, das Fenster war zugenagelt oder geschraubt. Sie konnte ihr Glück kaum fassen, das Ganze war von innen gemacht worden, um Einbrecher von ihren Vorhaben abzuhalten. Nur mit blanken Händen war an ein Lösen der Bretter wohl eher nicht zu denken.

Sie befühlte die Fläche, die das kleine Fenster abdeckte. Es war eine durchgehende kleine Platte, die am oberen Rand einen kleinen Lichtstrahl hindurch ließ. Mit der linken Hand arbeitete sie sich vor und versuchte, die Fingerkuppen dort in den Spalt hinein zu schieben. Die rechte Hand tat jetzt richtig weh, sodass sie diese dazu nicht benutzen konnte. Während des Versuches, die Finger in dem Spalt zu platzieren, bohrte sich ein Holzsplitter in die Kuppe des Zeigefingers, was sie aber nicht davon abhielt, weiter zu arbeiten. Als sie die oberen zwei Glieder der vier Finger dahinter geschoben hatte, zog sie mit der ganzen Kraft des linken Armes an dieser Platte. Gleichzeitig machte sie einen Ausfallschritt nach hinten, um weitere Kraft aus ihren Beinen zu holen. Die Platte war nicht fest gebohrt, sondern derjenige, dem diese Aufgabe irgend wann übertragen wurde, hatte mangels einer Bohrmaschine nur Stahlnägel in die Wand geschlagen. Der erste und zweite Versuch blieben ohne Erfolg. Beim dritten Anlauf löste sich die Platte und Liza fiel nach hinten, als habe sie einen heftigen Stoß bekommen. Sie landete auf ihrem Hintern, der durch die Tritte bereits Blessuren hatte.

Liza verschwendete keinen Gedanken daran und stand sofort wieder auf. Eine völlig verdreckte Fensterscheibe war freigelegt, aber kein Tageslicht gelangte in das dunkle Verlies. Sie versuchte mit der linken Hand die Glasscheibe zu befühlen, um zu sehen, ob die Dreckschicht so dick war und kein Tageslicht hindurch ließ. Das ist nicht der Grund, dachte sie resigniert, das ist Holz, gestapeltes Holz, nur der obere Rand ließ einen Spalt Tageslicht hindurch. Das Fenster war aber ohnehin so klein, dass ein Durchkriechen unmöglich schien. Der Gedanke war übermächtig, einen Versuch zu wagen. Mehr als Steckenbleiben konnte ja nicht passieren, der Mut war übermächtig. Immer noch besser, als hier drinnen zu verwesen. Draußen, oder auch nur halb draußen, hatte sie wenigstens die Chance, Wanderer zu sehen und herbei zu rufen. Ein Gegenstand musste her, um diesen Haufen in Bewegung zu bringen. Einen Versuch, die Luke oberhalb der Treppe anzuheben unterließ sie, da sie davon ausging, dass das Monster diese wieder verschlossen und den Teppich ordentlich darüber gelegt hatte.

K6

Was hatten die drei Deutschen von sich gegeben? Slattdalsskrevan Schlucht?
Das konnten sie haben, da würde er auch sein.
So behandelt niemand Gussi, keiner tut das ungestraft.
Gus war früh aufgestanden in der Annahme, das es die drei ebenfalls taten, denn der Weg dorthin würde ein paar Stunden in Anspruch nehmen. Wenn sie es denn schafften, wenn....
Er lag richtig mit seiner Vermutung, denn er hörte Geräusche im Haus, die einen Aufbruch vermuten ließen. Sein Fenster war geöffnet und so hörte er auch schon draußen vor dem Haus die Stimmen. Der Drecksack und die stinkende Zicke würden sich noch in ihren muffigen Betten wälzen und freuen, dass sie heute für niemanden diesen ekelhaften Fraß hinstellen mussten. Sie hatten Gus ein einziges Mal gefragt, warum er denn nicht zum Frühstück komme, danach interessierte es sie nicht mehr. Gus blickte aus der rechten hinteren Ecke des Fensters und beobachtete, wie die drei sich in

Bewegung setzten. So wie es aussah, hatten sie ihr gesamtes Gepäck auf den Tragekiepen. Entweder blieben sie für ein paar Tage auf Wandertour oder planten gar nicht, wieder hierher zurück zu kommen. Variante 2 gefiel ihm besser, dann würde sie auch keiner vermissen. Er bezweifelte allerdings, dass es diesem Gesocks da unten überhaupt auffallen würde, wenn Gäste nicht zurück kämen, es sei denn, sie hätten nicht bezahlt. Aber da der Alte ja Vorkasse verlangte, gingen sie kein Risiko ein, alles andere war ihnen egal. Gus wartete eine Viertelstunde und machte sich dann ebenfalls auf den Weg. Er ließ genug Abstand, dass er sie nicht sehen aber hören konnte. Hin und wieder bewegte er sich rechts oder links neben dem Hauptweg, lautlos. Er fühlte in die rechte Beintasche seiner Hose. In diesem Bereich des Waldes waren zur Zeit keine Wanderer unterwegs. Die Ferien vorüber und keine Familien mit lärmenden Kindern, die im Wald für Unruhe sorgten. An der nächsten Lichtung, sie zeichnete sich bereits deutlich durch die bahnbrechenden Sonnenstrahlen ab, würde er das Missverständnis von gestern aus der Welt schaffen. Sie hatten alle drei etwas völlig falsch verstanden, Gussi war nicht der Wehrlose, den man beliebig hin und her schubsen konnte, über den man lachte.

Aus sicherer Entfernung konnte er sehen, dass sie sich auf dem dicken Felsen nieder gelassen hatten und jeder aus einer Bierdose trank. Sie lachten schon wieder dieses blöde Lachen, was Gus auf die Palme brachte. Das Gefühl, dass wieder er der Grund war, ließ ihn zu der Waffe greifen. Er zielte zuerst auf den Dicken. Er gab keine Mucks von sich. Im freien Fall sprang eine Bierfontäne aus seinem weit aufgerissenen Mund.. Der kleine Dünne und die Zangengeburt starrten fassungslos in alle Richtungen. Gus hatte schon sein nächstes Ziel anvisiert und der kleine Dünne tat es dem Dicken gleich, während die Zangengeburt einen Ohren betäubenden Schrei ausstieß und sich nicht entscheiden konnte, in welche Richtung er flüchten sollte. Gus kam aus seinem Versteck und genoss den Anblick.

"Da staunst du was, du Großmaul? Wie ich sehe, pinkelst du dir gerade in deine

Hose vor Angst? Runter auf die Knie, los, bei 3 bist du unten."
"Sorry, Sorry, stotterte er. I can... please vorgive me."
"Zu spät, du warst zu langsam, sagte Gus, während er abdrückte.
"Stottern tust du auch noch, du Versager."
Das Loch in der Stirn wäre gar nicht weiter aufgefallen, wenn man nicht gesehen hätte, wie es entstanden ist. Gus entfernte sich von der Lichtung und begab sich auf den Rückweg.
Er machte sich nicht einmal die Mühe, den Hauptweg zu verlassen. Die Pistole steckte er zurück in die Tasche, ließ sie aber nicht los, sodass er sie sofort wieder heraus ziehen konnte. *Der Wald nahm ihn wieder auf und gab ihm Schutz, wie immer, wenn er Hilfe brauchte.*
Das leichte Rauschen war das vertraute Gefühl, was ihn zur Ruhe brachte. Seine Freunde breiteten die Arme aus, sie waren einfach nur da, seine wirklichen und wahren Freunde.
Nun zu euch, bereitete er sich vor, während er sich auf den Rückweg zu seiner Unterkunft machte. Als er sie erreichte, konnte er sehen, dass das

Fahrzeug der beiden Alten nicht unter dem Carport stand. Die Außentür war verschlossen. Gus begann zu schwitzen, die kleine züngelnde Flamme wurde größer und größer, breitete sich in seinem Körper aus. Genau wie gestern, dachte er. Er war es gewohnt, gleich bei Entstehung dieser Rage zu agieren. Hier konnte er es wieder nicht und musste warten, bis dieser Abschaum zurück kam. Das konnte dauern, dachte er, wenn diese alte Schrottkarre den Heimweg überhaupt schaffen würde. Er setzte sich auf die Bank vor dem Haus und hielt sein Gesicht in die Sonne, sein Magen knurrte und Durst hatte er auch.
"Verdammtes Lumpenpack, bewegt eure Ärsche, ich habe für dieses Loch bezahlt und kann nicht rein."
 Das Motorgeräusch war so laut, als wäre nur noch der 1. Gang betriebsbereit. Ruckelnder Weise kam der klapprige Volvo auf dem Hof zum Stehen. Beide Insassen schälten sich aus dem Gefährt und lachten sich kaputt, als hätte er ihr unter den Rock gefasst. Als sie Gus zu Gesicht bekamen, hielten sie einen Augenblick inne, sagten aber nichts zu ihm.

"Ich warte hier schon eine Ewigkeit und kann nicht rein. Mein Geld habt ihr und ich kann nicht rein, versteht ihr mich? Eigentlich müsstet ihr mir einen halben Tag erstatten."
"Wir müssen was? Geld erstatten? Warum nimmst du deinen Schlüssel nicht mit, wie jeder andere Gast auch?"
"Leck mich."
"Dich bestimmt nicht," prustete der Alte. Beide fingen wieder derart an zu lachen, dass Gus wie fremd gesteuert, ohne weiter zu überlegen, nach dem Revolver griff.
"Warum lacht ihr nicht mehr, habt ihr noch nie ne Knarre gesehen?"
Die beiden Alten nahmen sich an die Hand und begriffen, dass es kein Spaß mehr war. Sie blieben einfach stehen, bewegten sich nicht. Fassungslose Blicke. Zwei gezielte Schüsse in die Stirn. Beide sackten synchron zu Boden. Gus ging so an ihnen vorbei, ohne sie an zu sehen. Als er auf der Rückseite des Hauses stand, entschied er sich für die Terrassentür und schlug sie mit einem dicken Holzklotz ein. Als er sie entriegelt hatte, lief er hinauf in sein Zimmer um seine restlichen Sachen zu

holen. Wieder unten angekommen, zeigte ihm der Blick auf das Schlüsselbrett, das alle Schlüssel vollzählig waren.

Entweder hatten die Deutschen ihre ebenfalls nicht mitgenommen oder aus gecheckt.

Auf dem Weg zu seinem Auto rechnete er, 3 plus 2, ergab 1 Patrone, die noch in der Trommel steckte. 6 passten hinein, 5 mussten aufgefüllt werden. Tuva hatte den Revolver mit der Munition an die Garderobe gehängt, das war sein Glück. Denn an Munition zu kommen, wäre kaum möglich gewesen. Pfeifend schwang er sich in sein Auto und fuhr Richtung Stockholm.

Wer nicht wagt, der nicht gewinnt. Er wählte Umwege über die Dörfer und tankte so abgelegen wie möglich, die beiden Reservetanks hatte er noch nicht angerührt.

Als er den Hafenbereich erreichte, wurde er auf ein großes Hinweisschild des Parkhauses Mosebackegaraget in der Östgötagatan 6 aufmerksam, welches er direkt ansteuerte.

Seine Beanie zog er sich jetzt weiter ins Gesicht, zusammen mit einer dicken

Strähne, um diese über die rechte Gesichtshälfte zu ziehen. Die Kamera in der Einfahrt war auf der rechten Seite. Er entschied sich für das fünfte Deck und fand im hinteren Bereich einen freien Platz.
Beim Verlassen des Fahrzeugs sah er noch einmal auf das Nummernschild, der Edding war verlässlich, die Farbe hatte gehalten. Als er den Ausgang anpeilte, sah er einen schwarzen Mercedes und einen schwarzen BMW an dem zwei Männer lehnten, die sich unterhielten. Wie gebannt starrte er dort hin, was die Aufmerksamkeit der beiden weckte.
"Was glotzt du?"
"Äh, schickes Auto, es fiel Gus nichts Geistreicheres ein. Gefällt mir."
"Kein Problem, sagte der jüngere von den beiden, brauchst du einen Job?"
"Mit einem Gehalt, damit ich mir dieses Auto leisten kann?"
"Mit uns kann man über alles reden. Es wird kein Bürojob sein. Wir werden von so einer Tussi erpresst. Hatten einen geilen Abend mit ihr und nun macht sie Stress, will unsere Ehefrauen anrufen, wenn sie keine Kohle mehr bekommt"."

"Ich hasse Frauen, die ungezogen sind, grinste Gus. Sie müssen bestraft werden."
"Ich glaube, du bist unser Mann, sagte der Ältere mit starkem russischen Akzent. Wie weit würdest du gehen?"
"Damit sie für alle Zeit den Mund hält und euch in Ruhe lässt, Werkzeug habe ich dabei."
"Werkzeug? Wollte der jüngere von den beiden wissen, was meinst du damit?"
"Eine Knarre."
"Nein, keinen Lärm."
"Was meinst du damit," fragte Gus.
"Wirst du noch früh genug erfahren."
"Das ist mir egal, Hauptsache sie bekommt das, was sie verdient."
"Wie heißt du," fragte der jüngere.
"Ole und ihr?"
"Ole, wo wohnst du, fragte dieser, ohne seinen Namen zu nennen."
"Weiß ich noch nicht, könnt ihr mir was empfehlen?"
"Das HLL in der Kungsgatan ist ganz ok. Hast du Geld?"
"Wenn ihr mir einen Vorschuss geben könntet, würde ich ihn nicht ablehnen."
" Kein Problem, du solltest aber dein Auto hierlassen, das brauchst du nicht

mehr, wir werden es verschwinden lassen."
"Ja", sagte Gus, wo wir gerade von Geld reden, was bekomme ich für meine Dienstleistung."
Der ältere der beiden musste schmunzeln, überließ aber dem jüngeren die Verhandlungen.
"250.000 Kronen." Es war keine Frage.
"Das kostet schon das Auto, wenn ich mich mit einem Gebrauchtwagen zufrieden gebe."
"500.000,--Kronen, oder ihr sucht euch einen anderen für diese Drecksarbeit."
Die beiden Männer wechselten einen Blick, der ältere nickte.
"Du hast den Job," er zog dann eine Rolle gedrehter Banknoten aus seiner Tasche und warf sie ihm zu. "Lass dir im Hotel ein paar neue Klamotten geben, du siehst aus wie ein Heckenpenner. Das Hotel ….., wir regeln das."
Gus starrte auf die *Budapester*.
"Geile Schuhe."
"Kannst du dir auch bald leisten. Du fährst jetzt mit uns aus der Garage, legst dich hinten auf die Rückbank und bleibst unten, bis wir dir ein Zeichen geben. Wir

werden dich in der Nähe des Hotels in einer Seitengasse absetzten."
"Im Hotel wartest du auf weitere Instruktionen, hast du das verstanden?"
"Jepp."
"Dusch dich, wasch deine Haare und bestell dir was zu Essen auf dein Zimmer. Geh nicht ins Restaurant, klar? Hast du ein Handy? "
"Ich möchte eine Anzahlung, nachher seid ihr verschwunden, ich kenn euch doch gar nicht.
"Ob du ein Handy hast und ob du mich verstanden hast, will ich wissen, "fragte der „Budapester"?
Gus holte sein Handy aus der Tasche, ich muss es dringend aufladen.
"Darum kümmern wir uns, sagte der Schwede, hier nimm dieses, die Nummer haben wir."
"Wir sind Geschäftsleute, meldete sich der Russe, unser Wort zählt. Verträge gibt es bei uns nicht. Entweder du akzeptierst unsere Bedingungen oder du kannst mit deiner alten Karre weiterfahren und weiter deine stinkenden Sneakers tragen, noch hast du Zeit."

"OK, wenn ihr mich linkt, werde ich euch finden. Verlasst euch darauf, vielleicht habt ihr ja schon von mir gehört." Die beiden Männer sahen sich an, sagten aber nichts.
"Steig ein, halt die Klappe und warte, bis wir dich anrufen."
"Wie kann ich euch erreichen?"
"Wir melden uns bei dir, klar?"
Gus nicke, es war ihm zu wider und er hasste es, wenn man ihm sagte, was er zu tun hatte, ohne dass er Einfluss nehmen konnte. Allerdings war es in der Vergangenheit nie um so viel Geld gegangen, abgesehen von seinem Besuch in der Bank. Der Großteil seiner Beute befand sich noch im Muddus, gut vergraben, dahin wollte er vorerst nicht zurück.
Das HLL in der Kungsgatan war ein Hotel, was auch irgendwo im Reiche Putins seine Dienste hätte anbieten können. Das ganze Ambiente so gar nicht schwedisch, eher überladen und schwermütig, voller Prunk. Mitarbeiter Russen, Gäste Russen, ganz augenscheinlich der Geheimtipp unter Russen, wohin sich kaum eine andere Nationalität traute. Gus stand kaum in

der Eingangshalle, als er dieses auf sich wirken ließ. Ein Mitarbeiter vom Empfang kam auf ihn zu und gab ihm eine Code-Karte, offenbar hatte man ihn instruiert. Gus sah ihn ausdruckslos an, sagte nichts, er mochte ihn nicht. Es beruhte augenscheinlich auf Gegenseitigkeit. Der Russe taxierte seine Erscheinung und hätte ihn sehr wahrscheinlich sofort hinausgejagt, wenn seine Fürsprecher nicht tätig geworden wären.

Gus schenkte ihm nur ein hämisches Grinsen und maß ihn ebenso abwertend, wie dieser es gerade tat. Er hatte sich schon in Richtung Aufzug bewegt, als er das Hinweisschild eines Friseurs erblickte. Er änderte seine Richtung, peilte den Salon an. Dort saß ein junges Mädchen, welches mit seinen widerlich langen Fingernägeln beschäftigt war. Als er eintrat, sprang sie auf, ihr aufgesetztes falsches Lächeln schaffte es nicht, ihren entsetzten Gesichtsausdruck einzuholen. Der Russe vom Empfang war ihm gefolgt und stand nun hinter ihm. Er sagte etwas zu dem Mädchen, welches ihr fratzenhaftes Dauergrinsen beibehielt und Gus bat, Platz zu nehmen. Ihre

Blicke trafen sich im Spiegel, als sie seine Beanie abnahm und vor ihn auf die Ablage legte. Gus besah sich ungeniert ihre überdimensional aufgefüllten Brüste, die sich ganz offensichtlich gerne außerhalb des weißen badeanzugähnlichen Teiles aufgehalten hätten. Der untere Bereich endete in einem Stringtanga, der wie ein Stück Zahnseide zwischen ihren Botoxbacken gespannt war.
"How much can I cut?"
"All, "sagte Gus, während er auf die elektrische Haarschneidemaschine zeigte.
"Really, no, no." Sie lachte, weil sie dachte, es sei ein Scherz.
"You can´t understand or you wouldn´t?" Der Ton seiner Frage kam nicht im Entferntesten einem Scherz nahe. Sie hatte ihn verstanden und begann damit, ihm einen Umhang nebst Krause und Handtuch umzulegen, um die fettigen Haare zu waschen. Gus war begeistert, Russinnen waren gewohnt, dass man ihnen sagte, wo es lang ging. Keine Wiederworte, keine Diskussionen. Dass sie mit ihren Krallen auf seiner Kopfhaut

herumkratzte, gefiel ihm überhaupt nicht.
"Stopp, that hurts, stupid cow, your fingernails are from an eagle, cut them, be careful."
"Sorry Sir....,I........."
"Shut up." Verängstigt machte sie vorsichtig weiter in der Angst, wieder in den langen Zauseln hängen zu bleiben. Sie vermied es, ihm im Spiegel zu begegnen. Gus bereitete es perverse Freude, sie so eingeschüchtert zu sehen. Es dauerte keine halbe Stunde. Gus stand auf, sagte kein Wort, obwohl er kurz überlegte, sie zu fragen, ob sie auch für andere Dienste zur Verfügung stehen würde. Später, dachte er und verließ den Salon. Gegenüber befand sich eine Boutique, die er als nächstes aufsuchte. Dort war man ebenfalls vorbereitet und ein junger Mann half ihm dabei, einige Kleidungsstücke auszusuchen. Gus stand nicht auf Anzug und Krawatte, sondern wählte einige legere Stücke von Strenströms einschließlich Socken und Unterwäsche. Alles in mehrfacher Ausfertigung, die Gelegenheit würde er so schnell nicht wieder bekommen. Boss und Konsorten gingen ihm am Arsch

vorbei. Der Russe redete nicht, als wenn man ihn vorgewarnt hätte, traf aber professionell seine Größe und seinen Geschmack. Jetzt noch ein paar Schuhe, dann wollte er auf sein Zimmer, duschen und sich etwas Geiles zu Essen und zu Trinken bestellen. Auch hier ließ er sich nicht zu einem „danke" herab und verließ den Laden genau so, wie er ihn betreten hatte.

Als er noch einen Blick in die Auslagen des Fensters gönnte, sah er ein Paar „Budapester" in braun, blau abgesetzt. Der junge Mitarbeiter sah dieses und kam sofort zu ihm.

"You like this?"

"I want this shoes."

"OK., wate a moment, i will see, witch shoesize."

Er holte die Schuhe aus dem Fenster und stellte sie vor Gus, sodass er sie probieren konnte.Der verletzte Fuß tat weh, aber er versuchte es zuerst mit dem gesunden.

"To small."

"No problem Sir, I procure them and bring it to your hotelroom together with your other clothes.. Is this OK for you?"

Gus nickte nur, sagte nichts. Es fand es spooky, dass alle für ihn sprangen und genoss es in vollen Zügen. Er blickte auf seine Zimmerkarte, während er in den Fahrstuhl stieg, 10. Stock. Wie ein Geist stand hinter ihm der Russe vom Empfang
"I´ll bring you, you need a special code for this floor, Sir." Er hielt eine Codekarte vor einen kleinen Bildschirm, der sich über der Anzeigentafel befand. Der Fahrstuhl setzte sich in Bewegung.
"Sir, you can take the elevator down, but you need this card, when you move back to your suite, please call us."
"Give it to me," Gus streckte seine Hand danach aus.
"Sorry, Sir, but only members of this hotel can use it."
Als sich der Fahrstuhl öffnete, stand er direkt vor der Nr. 1010, eine von nur zwei Türen auf der ganzen Etage, wie er feststellte. Der Fahrstuhl fuhr geräuschlos wieder hinunter. Schon beim Öffnen blieb ihm die Spucke weg. Eine Suite nur aus Glas, eine Terrasse glasüberdacht. Ganz offenbar eine Bleibe für besondere Anlässe auf dem Dach des Hotels. Er traute seinen Augen

nicht, als er zu der offenen Terrassentür ging, wo er einen Pool auf zwei verschiedenen Ebenen mit einer Steinlandschaft erblickte. Mit den Gedanken, warum ihm dieses alles zuteil wurde, wollte er sich die Stimmung nicht verderben. Im Moment nur alles auskosten, was sich ihm bot. Er hatte es doch verdient. Eines der vier Bäder im Inneren hatte die Größe einer Wohnung für eine vierköpfige Familie. Eine wohlig duftende Wärme empfing ihn zusammen mit dezenter Barmusik, der Jacuzzi sprudelte. Während er sich aus seinen alten Sachen schälte, klopfte es an seiner Tür. Ein Page brachte ihm seine neuen Sachen einschließlich der „Budapester". Er nahm die Sachen ohne ein Wort und knallte ihm die Tür vor die Nase. Er lehnte sich von innen dagegen und lachte sein krankhaftes Lachen in einer Lautstärke, damit der andere es noch hören konnte.
Das Handy klingelte.

K7

Greta steuerte auf die Firma Invido zu, die in der Innenstadt eine Filiale hatte, welche Fenster und Türen verkaufte. Als sie das Geschäft betrat, sah sie sofort auf den Monitor in einer Regalwand, der Sicherungen für Türschlösser vorführte. Sie wollte sich gerade davorstellen, als sich ein junger Mann von seinem Schreibtisch erhob und seine Hilfe anbot.
"Ja, das können sie, ich benötige ein neues Schloss für meine Wohnungstür, oder vielleicht reicht ja schon eine Veränderung..."
"Das kommt immer auf die Beschaffenheit des Schlosses an und wie alt dieses ist."
"Wie schnell würde es denn gehen, ein neues Schloss einzubauen, denn ich habe meinen Schlüssel verloren."
"Dann ist es ja ein Notfall", sagte er grinsender Weise.
"In der Tat"
"Das können wir heute noch erledigen, sogar noch während der regulären Arbeitszeit. Wo wohnen sie denn?"

"Ganz in der Nähe am Marktplatz, "antwortete Greta erleichtert.
"Sie müssten sich nur legitimieren...., zu unserer Absicherung, verstehen sie?"
"Sie meinen, ob wir oder besser gesagt, ich mir Zutritt zu einer fremden Wohnung verschaffen möchte?" Greta holte ihren Personalausweis aus der Tasche und zeigte ihn dem jungen Mann.
"Wie ist es denn mit der Eingangstür des Hauses, es ist doch eine Mietwohnung?"
" Die wird über einen Zahlencode geöffnet."
"Gut, dann hole ich meinen Arbeitskoffer, stelle ein paar neue Zylinder zusammen und melde mich bei meinem Chef ab. Wollen wir mit meinem PKW fahren?"
"Das lohnt sich nicht, wir sind zu Fuß schneller, denn einen Parkplatz bekommen wir jetzt um diese Zeit nicht."
"Ich bin gleich wieder bei ihnen," sagte er.
Greta war erleichtert. Keine 10 Minuten später machten sie sich auf den Weg zu ihrem Wohnhaus. Als sie davor standen, verriet ein Blick nach oben, dass die Terrassentür aufstand.

Ihr Herzschlag setzte aus. Sie gab die vier Zahlen der Außentür ein, welche im selben Augenblick aufsprang.
"Welches Stockwerk, sagten sie?"
"Ich hatte noch keines erwähnt, um sie nicht zu entmutigen, der fünfte ist es."
"Nun sagen sie schon, wo haben sie ihren Fahrstuhl versteckt, mir können sie es doch verraten "
"Ich muss sie enttäuschen junger Mann, es gibt keinen."
Leicht wie eine Feder ging Greta voran, ohne Ermüdungserscheinungen in Form irgendwelcher undefinierbarer Geräusche von sich zu geben. Ihrem Verfolger gelang dieses nicht so ganz und ein verhaltenes Prusten war zu hören.
"Gleich haben wir es geschafft."
"Ich heiße übrigens Per, "schnaufte er, während er seine beiden Koffer abstellte.
Er besah sich das Türschloss und klappte dann beide Koffer auf. In dem ersten war Werkzeug, im zweiten verschiedene Modelle.
"Chrom, sagte er und zeigte auf zwei schlichte Zylinder, die sind kompatibel mit der Verkleidung."
"OK, sagte Greta, auf geht's"

Als Per anfing, die Verkleidung abzuschrauben, hörte Greta Schritte von innen und im selben Augenblick öffnete sich die Tür wie von Geisterhand.
"Was ist denn hier los? Adrian stand mit drohendem Blick in der Tür.
"Was tust du denn hier," platzte es aus Greta heraus, während Per gleich mehrere Schritte zurücktrat.
"Na, die Überraschung ist mir aber offensichtlich gelungen," sagte er mit einem zynischen Lächeln, welches Greta zur Genüge kannte, Per jedoch ganz und gar nicht gefiel.
"Schatz, hast du deinen Schlüssel mal wieder verloren? Wenn sie wüssten, wie oft meiner Frau dieses schon passiert ist, sagte er mit Blick auf Per. Ist das eigentlich auch so eine typische Frauenattitüde, ständig die Schlüssel zu verlieren?"
Per war diese ganze Situation äußerst unangenehm und er zog es vor, darauf nicht zu antworten, denn er merkte, dass dieses kein Spaß war, sondern perfides Machogehabe.
"Warum hast du mich denn nicht angerufen, ich habe doch einen Schlüssel."

Greta fehlten die Worte, ihr hilfloser Blick traf Per ins Mark. Er packte seine Koffer, verabschiedete sich und rannte förmlich die Treppen hinunter. Sie betrat die Wohnung, überlegte aber noch sinnloser Weise kurz, zu fliehen und hinter Per her zu laufen.
"Hast du deine Schlüssel tatsächlich verloren oder hast du geahnt, dass ich komme und wolltest mich aussperren?"
"Ich habe meine Schlüssel verloren, log sie und hielt sie mit der der rechten Hand in der Tasche fest, damit sie kein Geräusch von sich gaben. Wieso sollte ich dich aussperren?"
"Nun, dein ganzes Verhalten deutet doch darauf hin, dass du unsere Beziehung beenden möchtest, stimmt´s?"
Greta war vorsichtig und antwortete nicht gleich. Die finale Phase war gekommen und sie wollte nicht weiter nach Erklärungen suchen.
"Adrian, begann sie, ich denke, es hat keinen Zweck mehr mit uns beiden, sieh mal...."
"So, du denkst das und was ich denke, interessiert dich wohl nicht?"
"Du musst doch auch merken, dass wir uns nicht mehr verstehen und beide ganz

andere Vorstellungen von unserer Zukunft haben."
"Hast du jemand anderen kennen gelernt, fragte er und kam drohend auf sie zu."
"Nein, habe ich nicht, aber ich möchte hier in Stockholm, in Schweden bleiben. Ich liebe meinen Beruf, meinen Arbeitsplatz, meine Freunde, ich will keine Veränderung."
" Komisch, wo bleibe ich denn da? Du liebst alles andere und mich nicht mehr?"
"Warum akzeptierst du meine Entscheidung nicht, was soll das ganze Theater?" Greta bekam Angst, sie konnte die Bedrohung fühlen, riechen und schmecken.
"Hast du dir die Bilder schon einmal angesehen, die ich dir geschickt habe?"
"Adrian, du hast so eine komische Bemerkung gemacht, wann du die Bilder gemacht hast, ich möchte sie nicht sehen."
"Was glaubst du, was deine Kollegen dazu sagen werden?"
"Du willst ihnen die Bilder schicken?"
"Ja, warum nicht, ich habe noch ein paar kleine Veränderungen vorgenommen, mit dem PC ist alles möglich, du wirst

staunen. Aber ob du dann noch mit Kindern arbeiten darfst, bezweifele ich stark. Denn wenn die Presse erst Wind davon bekommt...."
"Adrian, das ist nicht dein Ernst. Auf welches Niveau begibst du dich als Anwalt?"
"Ach weißt du, es gibt so viel Mittel und Wege zu seinem Recht zu kommen. Wozu bin ich schließlich Anwalt geworden?"
"Ist das denn dein Recht, über mich zu bestimmen, mich so klein zu machen?"
Adrian antwortete nicht, sondern schlug Greta mit der flachen Hand ins Gesicht. Sie fiel rückwärts gegen die Garderobe und riss die Hand mit den Schlüsseln instinktiv aus der Tasche, um sich ab zu stützen. Die Schlüssel fielen Adrian vor die Füße. Er spuckte auf Greta mit den Worten: "Dachte ich es mir doch."
Vorsichtig stand Greta auf und befühlte ihre Wange, die glühte. Sie sagte kein einziges Wort, da sie Adrian nicht weiter provozieren wollte. Der Griff in die Manteltasche zeigte ihr, dass die kleine Visitenkarte dort noch drin war. Sie hatte diese beim Verlassen des Geschäftes eingesteckt.

"Was hältst du davon, wenn wir zur Feier des Tages zu unserem Italiener gehen, Schatz. Du hast doch bestimmt wieder nichts Gescheites zu Essen hier."
Adrian tat und redete so, als seien sie beide gerade nach Hause gekommen und freuten sich auf einen gemütlichen Feierabend zu zweit.
"Ich habe gerade etwas gegessen und habe keinen Hunger. Ein kleiner Versuch der Einschüchterung ermutigten sie zu der Bemerkung:
"Mit dem Kommissar, der sich mit dem Fall im Muddus beschäftigt."
"Aber wenn ich dich zum Essen einlade, dann geht es nicht, habe ich das richtig verstanden?"
"Ja, hast du, rief sie aus dem Bad," während sie ihre Wange besah, die feuerrot war. Mit diesem Gesicht gehe ich nirgendwo hin. Oder vielleicht doch, dachte sie, dann könnte ich weglaufen. Sie schloss die Tür und wollte in Ruhe über diese Möglichkeit nachdenken.
Adrian öffnete diese ohne zu Klopfen um zu sehen, ob sie abgeschlossen war.
Greta sagte nichts, ignorierte ihn. Als sie wieder heraus kam, hängte sie ihren Mantel an die Garderobe und zog ihre

Schuhe aus. In der Küche nahm sie sich ein großes Glas Leitungswasser und stürzte es hinunter, um ihre Angst in den Griff zu bekommen. Der Blick aus dem Fenster zeigte ihr, dass Adrian auf der Dachterrasse stand. Komisch, dachte sie, ich könnte ihn jetzt da hinunter schubsen, einfach so. Dann wäre das Problem gelöst. Ihr Handy klingelte.
Greta wollte mit niemandem reden und ignorierte es. Sie hätte gerne mit Thore geplaudert, bei ihm fühlte sie sich gut.
"Schatz, hast du einen neuen Klingelton?"
Als Greta sich in ihren Schaukelstuhl setzte, beobachtete sie Adrian. Ich könnte ihn raus schmeißen, dachte sie, es ist immer noch meine Wohnung. Ich ertrage ihn nicht mehr. Als habe er ihre Gedanken erraten, sah er sich um und erblickte sie auf ihrem Lieblingsplatz.
"Ich werde vorübergehend hier bei einem Partner in Stockholm tätig sein, wir sind gemeinsam für einen Mandanten tätig. Da Greta nirgends Gepäck sah, stieg die Hoffnung, dass er gar nicht bei ihr wohnen wollte.
"Ich habe im Hotel eingecheckt und mein Gepäck erst einmal dort deponiert.

Der soll ordentlich blechen, Geld spielt da keine Rolle."

"Meine Wohnung wird in den nächsten Tagen renoviert Adrian, hier wird es verdammt ungemütlich.

"Dann kommst du mit zu mir ins Hotel, denn für dich wird es doch ebenfalls ungemütlich, oder?

"Nein, das heißt ja, aber ich möchte hier in der Wohnung sein, wenn die Handwerker da sind."

"Aber dann kannst du doch abends zu mir ins Hotel kommen, wie wäre das denn?"

"Das halte ich für keine gute Idee, ich bin schon den ganzen Tag unterwegs, da möchte ich in meinem eigenen Bett schlafen."

"Greta, warum bist du so abweisend, gib dir doch ein bisschen Mühe."

"Adrian. . . erneut klingelte ihr Handy.

"Willst du nicht ran gehen, vielleicht ist es wichtig?" Greta stand auf und holte das Handy aus ihrer Handtasche, welche immer noch im Flur auf dem Boden lag. Den Schlag ins Gesicht hatte sie verdrängt, aber während sie sich bückte und nach der Tasche griff, wurde ihr bewusst, dass sie vor einer halben

Stunde ebenfalls dort unten gelegen hatte und Adrian sie obendrein auch noch bespuckt hatte. Der Blick auf ihr Handy sagte ihr, dass Marit versucht hatte, sie zu erreichen.
"Adrian, du hast mich vorhin geschlagen und ich möchte, dass du die Wohnung verlässt." Die Schärfe in ihrer Stimme ließ ihn aufhorchen.
" Du bist sehr aggressiv, du solltest einmal darüber nachdenken, dass du mich provoziert hast."
Greta war fassungslos, antwortete aber klugerweise nicht.
"Einverstanden, denn heute Abend treffe ich meinen Mandanten. Er ist Russe und ich werde ihn vom Flugplatz abholen. Er schläft auch im Raddison." Gott sei Dank, dachte Greta,
vielleicht könnte Per noch einmal kommen und das Schloss erneuern. Die Karte steckte sie wieder zurück in die Manteltasche.
"Greta, ich werde gleich zum Flughafen fahren, denk noch einmal über alles nach. Ach ja, vergiss die Bilder nicht."
Greta blickte ihn voller Ekel an. Als er vor ihr stand, wollte er sie umarmen,

aber der eiskalte Blick aus Gretas Augen hielt ihn dann doch davon ab.

"Wir sehen uns Morgen mein Liebes, schlafe gut und träum was Schönes. Jetzt bin ich ja wieder bei dir." Kaum hatte sich die Wohnungstür hinter ihm geschlossen, nahm sie ihr Handy und die Visitenkarte von Per. Er war sofort am Apparat und freute sich, ihre Stimme zu hören.

"Per, bitte entschuldigen Sie, aber könnten sie heute noch einmal zu mir kommen? Mit Blick auf ihre Armbanduhr fuhr sie fort. Bitte, wenn es über ihre normale Arbeitszeit hinaus geht, bezahle ich auch den Zuschlag. Es ist sehr, sehr wichtig für mich."

"Ich bin in 15 Minuten bei ihnen, meine Taschen stehen hier noch, als hätte ich es geahnt."

"Der Code für die Außentür ist 4711."

"Lieber 20 Minuten warten, sagte sie, er ist gerade gegangen, sie sollten ihm nicht begegnen."

In der Zwischenzeit versuchte sie, Marit zu erreichen, aber da sprang nur die Mailbox an.

Dann klingelte es an ihrer Tür.

Per konnte kaum sprechen, so schnell war er die Treppen hinauf gerannt.
"Alles OK bei Ihnen? Was war das denn für ein...."
"Der Grund für diese Aktion, mehr möchte ich dazu nicht sagen."
Es dauert keine halbe Stunde und der Zylinder war ausgetauscht. Adrian berechnete keinen Aufschlag, er war froh, Greta geholfen zu haben.
"Der Code für die Eingangstür, denken sie daran."
"Ja, das kann ich aber erst, wenn alle Bewohner zu Hause sind, sonst bekomme ich Ärger."
"Nun, wenn er hier nicht herein kommt, wird er Lärm machen und dann kann ich immer noch die Polizei rufen. Jetzt bin ich in meiner Wohnung erst einmal sicher. Sie hatte damals beim Einzug zusätzlich noch einen Riegel anbringen lassen, der über die ganze Breite der Tür an der Wand fest verankert war, ihn aber bislang nicht genutzt.
"Aber sie wissen schon, dass ihr Mann das gleiche Recht hat wie sie, dieses hier jederzeit unter dem gleichen Vorwand wieder ändern zu lassen?"

"Er ist nicht mein Mann und gemeldet ist er hier ebenfalls nicht. Es ist meine Wohnung."
"Na dann ist ja alles in bester Ordnung."
"Ich hoffe es, sagte Greta, ich hoffe es."
Sie bezahlte Per und gab ihm noch ein großzügiges Trinkgeld mit den Worten:
"Ich werde sie weiter empfehlen junger Mann, toller Service." Per bedanke sich und verließ die Wohnung.
Das Handy klingelte wieder. Thore. Ihr Herz machte einen Satz.
"Hey," meldete sie sich.
"Hey, sind sie gut nach Hause gekommen und jetzt stolze Besitzerin eines neuen Türschlosses?"
"1. Antwort ja und zweite Antwort auch ja."
"Das ging ja schnell, wenn ich Handwerker benötige, muss ich Wochen warten. Verraten sie mir den Trick? Ich kann es mir denken, sie haben ihn einfach nur angelächelt und schon war er da."
"Richtig, das ist das Privileg der Frauen, lachte sie."
"Die Eltern des Mädchens haben sie nicht zufällig schon erreicht?

"Also Thore, ich arbeite wirklich schnell, aber da muss ich sie enttäuschen. Sie kommen immer dienstags, donnerstags und am Wochenende in die Klinik, ich werde dieses Gespräch mit Sicherheit nicht am Telefon führen. Sie müssen sich also noch ein wenig gedulden."
"Das tue ich gern, schon im Hinblick auf die Freude, sie wieder zu sehen." Nun war es raus, ganz unbeabsichtigt, einfach so.
"Die Freude ist ganz auf meiner Seite, ich freue mich auch, sie wieder zu sehen. Morgen ist Donnerstag, also schlafen sie gut," hauchte sie ins Telefon und beendete das Gespräch.
Erneut klingelte das Telefon, ihre Freundin Hanna.
"Hey Hanna, was gibt es noch zu später Stunde?
"Ich hätte noch Lust auf einen netten Abend, was hälst du davon?
"Heute nicht, meine Liebe, ich hatte . . .sie kriegte gerade noch die Kurve, einen anstrengenden Tag, weißt du, die beiden Kinder...."
"Eben drum, du solltest dich entspannen bei einem *Sex on the beach* unten am Hafen."

"Keine Chance meine Liebe, heute nicht."
"Schade, schade, schade, ich werde mich dann zwangsläufig allein betrinken müssen. Schlaf mal gut, bis morgen."
Greta setzte sich in ihren Schaukelstuhl und wollte einfach nur noch einmal darüber nachdenken, was heute alles passiert war. Was war mit Marit los? Ihre Stimme war anders, eigentlich schon den Tag über, ihre Stimmung auch. Ihr Handy klingelte. Nummer unterdrückt.
"Hallo Süße, hast du schon auf meinen Anruf gewartet?"
"Adrian, was willst du?"
"Du wirst es nicht glauben, ich habe doch tatsächlich meinen Laptop vergessen, der muss noch auf deiner Terrasse stehen." Greta sagte nichts während sie aufstand, um auf den Boden der Dachterrasse zu sehen.
"Ja, er steht hier."
"Liebes, kannst du dich ins Taxi setzen? Mein Mandant kommt gleich, ich schaffe es nicht mehr zu dir."
"Adrian....."
"Komm bitte, meine ganze Strategie ist da drauf, ich bin aufgeschmissen. Ich

mach es auch ganz bestimmt wieder gut. Irgendwie hast du mich ganz verwirrt."
"Adrian, ich hatte einen anstrengenden Tag und was da vorhin passiert ist, hat mir den Rest gegeben. Greta besann sich aber blitzschnell, da sie auf keinen Fall wollte, dass Adrian nochmals bei ihr aufkreuzte.
"Ja, ich bringe ihn dir."
"Ich habe nichts anderes erwartet, mein Schatz, 5 Stock, Zimmer 511. Bis gleich, ich liebe dich."
Greta´s Herz begann zu hämmern. Sie zog Jacke und Schuhe an, nahm den Laptop und suchte die Karte des Taxifahrers, der noch etwas gut bei ihr hatte. Sie schloss die Wohnungstür und während sie die Stufen hinunter lief, wählte sie die Nummer.
"Hey, hier ist der unfreundliche Fahrgast von neulich, können sie mich ins Radisson fahren?"
"Ich steh unten am Marktplatz, es kann sofort losgehen."
Greta rannte über den Platz, der Fahrer des Taxis winkte, da mehrere Taxen in einer Reihe standen.
"Hey, sagte er, welches denn, Radisson Waterfront oder Royal Viking?"

"Oh mein Gott, Moment, ich kläre das."
Sie wählte Adrians Handy Nr.
" Nun geh schon ran."
"Liebling, bist du schon da?"
"Nein, in welchem bist du, Waterfront oder Royal Viking?"
"Waterfront, in dem wir beide. . . du weißt schon."
Greta war, als hätte sie einen Stromschlag bekommen. Erst jetzt wurde ihr bewusst, dass es ja das Radisson war, in dem sie die Nacht verbracht hatten und jetzt fielen ihr auch die Bilder wieder ein, von denen Adrian gesprochen hatte. Ihr Mund war trocken, sie beendete das Gespräch. Tränen der Wut nahmen ihr die Sicht.
"Waterfront," krächzte sie zum Taxifahrer, der den Blickkontakt im Rückspiegel suchte.
"Alles OK Lady?"
"Alles OK," sagte sie, während sie krampfhaft seitlich aus dem Fenster sah.
Die Fahrt verlief schweigsam, da der Taxifahrer merkte, dass etwas nicht stimmte.
Nach ca. 15 Minuten hatten sie das Hotel erreicht.
"Soll ich auf sie warten?"

"Das wäre prima, ich bin gleich wieder da."
"Ich stell mich auf den Parkplatz da drüben, hier im Eingangsbereich kann ich nicht bleiben."
Greta nahm den Laptop und ging schnellen Schrittes durch die Eingangshalle.
Als sie den Fahrstuhl betrat, und auf den 5. Stock drückte kam eine weitere Ernüchterung.
511 dachte sie, das war unser Zimmer.
Adrian, was bis du für ein perfides Schwein.
Sie spürte ihren Herzschlag in der Brust. Die dumpfen Schläge erreichten ihre Ohren zusammen mit einem gewaltigen Rauschen. Als sie die 511 erblickte, hielt sie die Luft an und klopfte mit der geballten Faust an die Tür, als wenn sie dieser einen Hieb verpassen wollte. Weiter atmen, weiter atmen..... Durch den heftigen Schlag ging die Tür wie im Zeitlupentempo auf.
"Adrian?" Eine Antwort kam nicht.
"Adrian, bist du da?" Die Vermutung, er habe die Tür für sie geöffnet, da er noch nicht umgezogen war, wurde in dem Moment zerstört, als sie ihr Sami-Messer

auf dem Boden liegen sah. Unverkennbar das Geschenk von Ukko mit seinem Griff aus Leder, welches die typischen Verzierungen der Sami aufwies.
Was hatte ihr Messer hier in diesem Zimmer, auf diesem Boden zu suchen?
Greta beugte sich hinunter und nahm das Messer in die Hand. Die Klinge war blutverschmiert. Langsam realisierte Greta, dass es eine Falle war, in die sie blind getappt war. Sie blickte auf die Zimmertür, die immer noch offenstand, dann wieder in den Wohnbereich. Das Adrenalin konnte sie schmecken, die wilden Herzschläge hören und den Blutgeruch riechen. Eine gefährliche Mischung, die ihr jedoch den Mut verlieh, weiter in den Wohnbereich zu gehen. Eine Tür war verschlossen, die Tür zum Bad stand weit auf. Ein Blick dort hinein, ergab keine weiteren Erkenntnisse. Als sie vor der geschlossenen Tür stand, klopfte sie einmal kurz und heftig. Als auch hier keine Antwort kam, nahm sie ihr Taschentuch und drehte den Knauf. Langsam betrat sie das Zimmer.

Ob sie die ganze Zeit schon die Luft angehalten hatte oder erst in diesem Moment, der Anblick, der sich ihr bot, war grauenvoll. Vor ihr auf dem Bett lag eine Frau, mit Messerstichen schwer verletzt oder getötet. Auf dem ganzen Bett war Blut. Der Fluchtgedanke wurde von ihrer ärztlichen Verpflichtung, Menschenleben zu retten, verdrängt. Sie setzte langsam einen Fuß vor den anderen, tappte wie blind durch das abgedunkelte Zimmer. Der Eisengeruch, der durch die Gerinnung des Blutes entstanden war, verschlug ihr den Atem. Als sie das Bett erreichte, hielt sie Zeige- und Mittelfinger ihrer linken Hand an die Halsschlagader der Frau. Das Messer umklammerte sie immer noch mit der rechten Hand. Ein kaum wahrzunehmender Pulsschlag war zu spüren. Sie nahm das Messer in die linke Hand und holte mit der freien Hand ihr Handy aus der Jackentasche, als die Zimmertür mit einem Riesenknall aufgestoßen wurde und gegen den Türstopper krachte.
"Messer fallen lassen und langsam umdrehen." Greta gehorchte und starrte den Mann an, der das zu ihr gesagt hatte.

Hinter ihm standen eine weibliche Kollegin und ein männlicher mit Pistolen, die alle in ihre Richtung zeigten.

"Die Frau lebt noch, bitte rufen sie den Notarzt. Ich habe nichts damit zu tun, mir wurde eine Falle gestellt. Ich bin Ärztin, ich habe dieser Frau nichts getan."

"Wenn es so ist, haben sie nichts zu befürchten. Sollten sie lügen, werden wir es herausfinden." Die weibliche Kollegin rief den Notarzt und die kriminaltechnische Untersuchung.

"Wir müssen sie mitnehmen, bis wir Klarheit haben, bitte haben sie Verständnis."

"Ich kann ihnen alles erklären."

"Kennen sie diese Frau?"

"Nein, aber den, der mir diese Falle gestellt hat. Vielleicht ist er der....vielleicht kann der ihnen weiterhelfen." Sie vermied es, Adrian zu beschuldigen.

Der junge Polizist sah sie misstrauisch an.

"Wir müssen gleich, nachdem ihre Fingerabdrücke genommen wurden, die Räume verlassen, damit die

Untersuchungen gemacht werden können. Dann fahren wir ins Präsidium und sie erzählen uns, was passiert ist. Sind sie damit einverstanden?" Greta nickte, ihr Hals war wie zugeschnürt. Sie versuchte zu schlucken, aber dieser Mechanismus war blockiert. Panik löste dieses bei ihr aus, ein Andenken an die Attacke im Krankenhaus. Sie versuchte, tief ein und wieder aus zu atmen.
"Ich muss sie darauf aufmerksam machen, dass sie zu keiner Aussage verpflichtet sind, wenn sie sich selbst damit belasten."
"Ich habe nichts zu befürchten, krächzte sie, ich habe damit nichts zu tun," versuchte es Greta erneut mit einer Stimme, die gar nicht ihre war.. Es gelang auch nicht so ganz, da just in diesem Augenblick ihre Knie nachgaben. Der junge Polizist fing sie auf und ließ sie langsam auf den Boden gleiten. Greta konnte nur noch den Kopf in die andere Richtung drehen, als ihr Magen sich von innen nach außen stülpte. Die Polizisten hinter ihr sprangen zur Seite, da sie befürchteten, die Ladung abzubekommen. Es war nur grüner Schleim, den Greta ans Tageslicht

beförderte. Der bittere Geschmack brannte in ihrem Hals. Sie hustete und rang nach Luft, während das Ekelgefühl sich im ganzen Körper ausbreitete. Sie drehte sich schüttelnd auf die Seite und rollte sich wie ein Igel zusammen, der sich vor seinem Angreifer schützen wollte. Mitleidig sahen alle auf sie hinunter.
"Entschuldigung, es tut mir leid. Bitte glauben sie mir, das ist kein Ablenkungsmanöver, es geht gleich wieder." Sie richtete sich langsam mit dem Oberkörper auf und nahm dankend das Glas Wasser, welches die weibliche Kollegin dieser Einsatzgruppe ihr reichte. Sie leerte es in einem Zug. Der junge Polizist reichte ihr die Hand und half ihr, sich aufzurichten. Dankbar sah sie ihn an und versuchte, zu lächeln. Ein kläglicher Versuch, wie sie selbst glaubte.
"Möchten sie jemanden anrufen, vielleicht einen Anwalt oder jemanden, der ihnen nahesteht?"
"Nein, schon gut, ich erzähle ihnen gleich meine Geschichte, sagte sie leicht ironisch. Was brauche ich da einen Anwalt?"

"Entschuldigen Sie, ich habe mich noch gar nicht vorgestellt, mein Name ist Krister."
" Oh ja, meinen Namen kennen sie ja auch noch nicht, Greta Berg."
Die anderen beiden Polizisten sahen sich verständnislos an, als sie die beiden beobachteten.
Der Kollege rasselte mit den Handschellen. Krister sah ihn mit einem Blick an, der die Temperatur im Raum dem Gefrierpunkt näher brachte.
Just in diesem Augenblick betraten fünf Personen in weißen Schutzanzügen und Überziehern das Apartment. Da sie Kapuzen trugen, die ihre Haare verdeckten, war es nicht sofort auszumachen, welchen Geschlechts sie waren.
"Hey" sagten sie und machten sich sofort professionell an die Arbeit.
"Ist das die Tatwaffe?" Eine weibliche Stimme war zu hören. Krister nickte, als traute er sich nicht, Greta weh zu tun. Das Messer wurde in eine Tüte gesteckt und in einem Koffer deponiert.
"Wollt ihr los?" War noch einmal die Stimme aus dem weiblichen Anzug zu vernehmen.

"Dann brauche ich vorher noch die Fingerabdrücke." Sie holte das Spezialgerät aus dem Koffer. Sie platzierte es auf dem kleinen Klapptisch, der zu ihrem Equipment gehörte. Greta starrte all diese Dinge fassungslos an und befolgte die Anweisungen. Die Mitarbeiterin sah sie dabei nicht an, keine Regung, nichts.
"Beide Hände mit dem Rücken auf den Tisch legen," kam die 1. Anweisung, die auch eine Bandansage hätte sein können. Mit gezielten Handgriffen nahm sie zwei Glasröhrchen aus dem Koffer und beschriftete sie mit „links" und „rechts". Sie holte jeweils zwei Wattestäbchen heraus und strich mit einem über die rechte Handinnenfläche und mit dem anderen unter den Fingernägeln entlang. Der ganze Vorgang wurde bei der linken Handfläche wiederholt. Die Wattestäbchen verschwanden in den jeweiligen Röhrchen, die sie zuvor beschriftet hatte.
Jetzt klappte sie das kleine elektronische Gerät in Form eines Tabletts für die Daktyloskopie auf und bat Greta, beide Hände nacheinander darauf zu legen.

"Tut mir leid, wenn ich ihnen den Feierabend verdorben habe," meinte Greta sagen zu müssen.
"Ich mache nur meine Arbeit," kam die völlig gefühllose Antwort.
"Könnt ihr bitte klären, ob wir einen Seitenausgang benutzen können? Die haben hier doch bestimmt mal Gäste, die nicht unbedingt gesehen werden möchten." Krister hatte diese Bitte höflich an seine Kollegen gerichtet, welche aber von der Tonlage eine Aufforderung war.
Als sie im Auto saßen, Krister hatte sich zu Greta nach hinten gesetzt, fing sie an zu schluchzen. Da sie es zu unterdrücken versuchte, klang es fast so, als müsse sie lachen, wollte es aber verhindern, indem sie sich den Mund mit der Hand zuhielt. Der Kollege, der am Steuer saß, blickte in den Rückspiegel. Er hatte offensichtlich nicht die Empathie, die sein Chef diesem besonderen Fahrgast entgegenbrachte.
"Entschuldigung, es geht gleich wieder," flüsterte sie zu Krister hinüber, der fast ihre Hand genommen hätte. Sie erreichten die Torkel Knutsonsgatan 20.

"Ich möchte bitte jemanden anrufen," sagte Greta jetzt mit fester energischer Stimme.
"Ja?" fragte Krister.
"Kommissar Trol aus Gällivare.
"Ist das ein Verwandter oder Freund, wollte er wissen.
"Wir haben uns nach der Entführung des jungen Mädchens im Muddus kennengelernt. Sie ist meine Patientin und liegt in der Klinik, in der ich arbeite. Ich habe... das heißt Thore Trol war heute noch hier in der Stadt, um mit mir über das Mädchen zu sprechen.
"Ist er extra deswegen hierher gekommen? Entschuldigung, das geht mich nichts an."
Der Wagen stand schon auf dem Innenhof des Präsidiums, aber keiner der Insassen traute sich auszusteigen. Alle waren gespannt, wie dieser Dialog weiterging.
"Wir wissen, wer der Täter ist," sagte Greta. Er ist verschwunden, hat offensichtlich ein weiteres Mädchen entführt. Dieses Mädchen hier ist seine Halbstiefschwester und hatte in so fern Glück, dass sie mit dem Leben davon gekommen ist. Leider spricht sie nicht.

Meine Aufgabe als Ärztin ist es, das zu ändern. Wir wollen eine Strategie aufbauen, um an das Mädchen heran zu kommen. Telefonisch denkbar ungünstig."
"Das verstehe ich," sagte Krister kleinlaut, der feststellen musste, wie dumm seine Frage war.
"Haben sie die Telefon - Nr. von ihm?"
"Ja, seine Karte... ist bei mir zu Hause. Ich wollte nur den Laptop von meinem Exfreund ins Hotel bringen, den er angeblich vergessen hat. Oh mein Gott, das Taxi.... Ich hatte den Fahrer gebeten, auf mich zu warten, wollte doch sofort wieder zurück fahren."
Krister blickte seine Kollegin an, die Aufforderung, sich darum zu kümmern.
"Die Telefon - Nr. finden wir gleich heraus, wenn wir in meinem Büro sind."
Alle stiegen aus und betraten schweigend das Polizeigebäude.
Als sie den zweiten Stock erreicht hatten, fing Gretas Magen wieder an zu rebellieren.
"Mein Büro ist gleich hier am Anfang des Ganges, dann können sie sich wieder setzen."

Der Blick in Gretas Gesicht veranlasste ihn zu dieser Bemerkung, die grünliche Farbe verhieß nichts Gutes. Die Polizistin hatte schon einen Becher mit Wasser in der Hand.
"Möchten sie vielleicht etwas Stärkeres, einen Kaffee vielleicht?"
"Wasser ist OK "Am liebsten hätte sie sich voll laufen lassen, zog es aber vor, dieses nicht zu vorzuschlagen.
Nachdem sich alle gesetzt hatten, versuchte Krister über die Zentrale die Verbindung nach Gällivare herzustellen.
"Warum haben sie den Laptop ihre Freundes ins Hotel gefahren?"
"Es ist mein Exfreund, der es nicht begreifen kann und mich noch einmal aufgesucht hat.
Genauer gesagt, er ist einfach in meine Wohnung gegangen und hat dort auf mich gewartet.
Er ist Anwalt und lebt jetzt in New York, hat dort einen Job in einer Kanzlei. Angeblich wollte er sich im Radisson mit so einem Oligarchen treffen. Wir haben uns gestritten, er hat mich geschlagen, ist aber dann ins Hotel gefahren und hat mich dann später

angerufen, weil er seinen Laptop vergessen hatte."
"Haben sie ihren Exfreund dort in dem Zimmer angetroffen?"
"Nein, die Zimmertür war nicht verschlossen, sie ging auf, als ich klopfte. Dort sah ich gleich das Messer auf dem Boden liegen. Es ist mein Messer, ich habe es vor langer Zeit von einem Sami als Geschenk bekommen, als ich mit Freunden dort eine Exkursion unternommen hatte. Als ich es aufhob, war mir klar, dass es eine Falle ist."
Jetzt meldete sich der Polizist zu Wort, der ihr zu gerne die Handschellen angelegt hätte.
"Es passt alles prima, ein perfekter Plan, finden sie nicht auch?"
"Ja, sagte Greta, nicht wahr?"
"Die Geschichte mit dem großen Unbekannten kommt immer gut." Er grinste hämisch.
Greta bemerkte seine Ironie zu spät. Krister bekam vor Ärger und auch Scham einen roten Kopf und forderte seinen Kollegen auf, sich nebenan um die Telefonverbindung nach Gällivare zu kümmern. Den Warnschuss hatte er verstanden.

Greta fand allmählich ihre Ruhe wieder, da sie die mentale Unterstützung von Krister spürte.
"Bitte entschuldigen sie das Verhalten meines Kollegen, es ist ungehörig."
Greta ging nicht darauf ein. Das Telefon klingelte. Krister nahm ab.
"Krister Magnusson, Präsidium Stockholm, Kommissar Trol bitte. Verstehe, wann erwarten sie ihn zurück? OK. Geben sie mir bitte seine Handy - Nr. Hören sie mir jetzt gut zu, es ist dringend, ein Notfall, die Handy - Nr., sofort." Der scharfen Ton mit Nachdruck, erstickte jeden Widerspruch im Keim. "Haben sie mich verstanden? Ob sie mich verstanden haben, will ich wissen?" Krister hatte die Handy - Nr. auf einen Zettel geschrieben und reichte ihn Greta. Sie wollte sich nicht ausmalen, wie es wohl wäre, von Krister in die Mangel genommen zu werden, sollte man tatsächlich etwas verbrochen haben.
"Möchten sie ihn selbst anrufen?" Seine Stimme war wieder weicher, voller Vertrauen.
"Ja danke."
"Bitte, nehmen sie diesen Apparat."

Ein Gesprächsaufbau kam nicht zustande, die stumpfe Computerstimme verwies auf die Mailbox.
"Greta Berg hier, bitte Thore rufen sie mich zurück, ich sitze hier im Polizeipräsidium Stockholm. Es ist etwas Furchtbares passiert. Die Nummer sehen sie im Display."
"Wie kommen sie darauf, dass es eine Falle war, in die sie getappt sind? Wollte nun der Polizist wissen, der sie anfangs am liebsten gleich in Handschellen abgeführt hätte.
"Ich habe die Beziehung vor einiger Zeit beendet und Adrian akzeptiert es nicht. Er belästigt mich und setzt mich unter Druck, heute Nachmittag hat er mich geschlagen. Ich hatte einen Schlüsseldienst beauftragt, dass Schloss auszuwechseln, wusste aber nicht, dass er in meiner Wohnung auf mich wartet, nicht einmal, dass er in Stockholm ist. Er hat sich aufgeführt, als sei ich seine demente Ehefrau, die ständig ihre Schlüssel verliert. Er hat mich fürchterlich vor dem jungen Mann gedemütigt."
"Bitte nennen sie uns die Firma, die sie beauftragt haben."

Da sie die Karte noch in ihrer Manteltasche hatte, legte sie diese auf den Schreibtisch.

"Der junge Mann ist vor Schreck gegangen. Später, als Adrian dann ins Hotel gefahren ist, aber wieder gekommen. Ich hatte ihn noch einmal angerufen, dann hat er das Schloss ausgetauscht. Es ist meine Wohnung, sie läuft nur auf meinen Namen. Ich..... stammelte sie, sie wollte die Tränen runter schlucken, was ihr auch mit einen tiefen Luftzug gelang. Adrian... hat Bilder gemacht, konnte sie gerade noch stammeln," als die nächsten Tränen kamen.

"Bilder, wollte Krister wissen, was für Bilder?"

"Wir waren vor einiger Zeit in diesem Hotel, in dem gleichen Zimmer, wo ich heute die Frau gefunden habe, schniefte sie. Ich weiß nicht, was es für Bilder sind, er hat nur gesagt, ich solle sie mir unbedingt ansehen und würde staunen, was mit einem PC alles möglich sei. Sollten diese Bilder an die Öffentlichkeit gelangen, könne ich meinen Job vergessen. Mir würde man nie wieder

Kinder anvertrauen. Er hat sie mir wohl auf meinen Laptop gesendet."
"Nun, da hat Herr Anwalt sich aber auf sehr dünnes Eis begeben."
"Er ist krank, besessen, ein Narzisst," sagte Greta kaum hörbar.
"Erpressung, körperliche Gewalt, Mordversuch...., wir sollten ihn so schnell wie möglich finden, sagte Krister. Ich gehe nicht davon aus, dass er sich noch einmal bei ihnen blicken lassen wird." Bitte, er sah zu seinen Kollegen hinüber, checkt die Flughäfen, ob ein, wie heißt er?"
"Adrian Olson."
"Ob eben dieser Adrian Olson einen Flug gebucht, oder im schlimmsten Fall das Land schon wieder verlassen hat."
Das Telefon klingelte. Krister nahm ab und drehte sich zum Fenster, sagte nichts.
Es dauerte eine Ewigkeit, ganz bestimmt nicht TT, dachte Greta, mit Sicherheit nicht.
"Danke," war das einzige Wort, was er seinem Gesprächspartner zukommen ließ, als er den Hörer wieder auflegte.

"Die ersten Untersuchungsergebnisse liegen vor," sprach er in die Runde und vermied es, Greta dabei anzusehen.
"Auf dem Griff des Messers sind ihre Fingerabdrücke."
"Klar, ich hatte es ja auch in der Hand."
"Nur ihre, Greta. Bitte regen sie sich nicht auf, das muss nichts heißen."
"An ihren Händen wurden ebenfalls Hautpartikel des Opfers gefunden."
"Natürlich, ich habe an ihrer Halsschlagader den Puls gesucht."
"Das Opfer hat sehr wahrscheinlich direkt im Eingangsbereich den ersten Stich in den Oberkörper bekommen und ist dann zum Bett geschleift worden.
"Berechnungen der Zimmer- und Körpertemperatur in Verbindung mit dem Blutverlust der insgesamt fünf Stiche sagen uns, dass sie keine halbe Stunde dort gelegen haben kann, sonst wäre sie tot. "
Greta kombinierte blitzschnell.
" Erstaunlich, dass sie das überhaupt überlebt hat. Ihr Zustand ist sehr kritisch. Es soll aussehen, als hätte ich ihr dieses angetan."
"Eifersucht ist eines der meisten Motive, wenn Frauen ihre Nebenbuhlerinnen aus

dem Weg haben möchten. War es nicht vielleicht anders herum, dass ihr Verlobter die Beziehung beendet hat und sie sich nicht damit abfinden wollten? Gekränkte Eitelkeit, verlassen zu werden, tut sehr weh." Greta blickte den Kollegen fassungslos an. Blitze sprühten aus ihren Augen und ihr Ton wurde messerscharf.

"Da sie ganz offensichtlich ganz persönlichen Spaß daran haben, mir ihre schmutzigen Fantasien ein zu suggerieren, bitte ich darum, mich vor diesem Mann mit seinen verbalen Attacken zu schützen. Ich denke nicht, dass es in ihrer aller Sinne ist, selbst eine verdächtige Person derart ungehörig zu behandeln. Meine Erfahrung hat mich gelehrt, dass Männer mit Schwänzen in der Größe einer Erdnuss, Machogehabe als Kompensierung brauchen. Hinzu kommen noch ihr Kleinwuchs sowie die geistige Reife, die ganz augenscheinlich ab ihrer Pubertät keine Chance mehr hatten, sich weiter zu entwickeln. Hat ihre Freundin oder Ehefrau sie aus diesem Grunde verlassen oder hatten sie diesbezüglich bislang noch keine Erfahrungen?" Sie schoss diesen letzten

Pfeil in seine Richtung, dessen eiskalter Windhauch den abgestandenen Büromief des Zimmers durchschnitt. Das Grinsen des Polizisten veränderte sich zu einem Ausdruck, der sie wissen ließ, dass sie seine Überheblichkeit bei den Eiern gepackt hatte.

"Morten, finde heraus, wer wann das Hotelzimmer reserviert und wer uns gerufen hat. Gehen sie in ihr Büro."

Es dauerte keine 15 Minuten, als Morten wiederkam, sein Gesichtsausdruck zeigte Überlegenheit.

"Chef," er konnte vor Aufregung kaum sprechen, sie werden nicht glauben, was ich herausgefunden habe?"

"Komm auf den Punkt Mann, was soll dieses Theater, wir sind nicht in Eva Nazemsons Life- Quiz."

"Adrian Olson wohnt im Hotel und hat ganz normal zwei Zimmer gebucht, Nr. 511 und Nr. 611. Beide Zimmer sind von einem Handy reserviert worden, vermute, dass es dass von Herrn Olson ist. Ach ja, das Opfer hatte sich etwas zu trinken bestellt und der Mitarbeiter vom Zimmerservice hat die angelehnte Tür aufgeschoben und die Blutspur gesehen.

Er hat angeblich das Zimmer nicht betreten."
"Ich will, dass man ihn her bringt, die Aussage wird hier zu Protokoll gegeben."
"Greta, nach der jetzigen Lage kann ich sie leider nicht gehen lassen, bitte haben sie Verständnis dafür. Sie sind momentan die einzige Verbindung zu dem Opfer, es tut mir leid. Wir werden sofort diesen Olson im Hotel aufsuchen." Greta sah ihn an und konnte es nicht fassen, was sie gerade gehört hatte. Ihre Vermutung, dass Adrian auf der Flucht war, traf nicht zu.
"Mir bleibt wohl nichts anderes übrig, hier bin jedenfalls sicher," versuchte sie kooperativ zu klingen.
"Es wird sich alles klären, dafür werde ich sorgen," versuchte Krister die äußerst unangenehme Situation zu entkräften. "Wir haben einen Automaten mit Zahnbürste und Co, oder möchten sie in ihre Wohnung, das wäre kein Problem."
"Nein, schon gut, die eine Nacht werde ich überleben." Als sie den Blick von Morten auffing, konnte sie auf seiner Stirn lesen, was er dachte.

"Milla wird sie zu unseren komfortablen Räumlichkeiten begleiten."
Als sie das Büro verlassen wollten, klingelte das Telefon. Krister ging zurück zu seinem Schreibtisch und nahm den Hörer ab.
Hey, ja, die ist noch hier. Ein äußerst . . .wie soll ich sagen. Ein tätlicher Angriff im Raddison und Greta hat die Person gefunden. Eine Frau. Das wissen wir noch nicht, aber wir werden es heraus finden. "Krister hörte eine Weile seinem Gesprächspartner zu und sagte nichts. Die anderen drei waren in der Zwischenzeit wieder zurückgekommen und warteten darauf, was Krister zu berichten hatte.
"Was denken sie, wann können sie da sein? OK. Dann bin ich wieder zurück."
"Kommissar Trol wird in ca. 3 Stunden hier sein, Greta. Er hat auch neue Erkenntnisse, was den zweiten Entführungsfall betrifft. Das heißt, von dem Halbbruder des Mädchens, welches sie betreuen. Wie es aussieht, ist er völlig ausgerastet. Man hat fünf Leichen in dem Gebiet gefunden."
"Oh mein Gott, das vermisste Mädchen?"

"Nein, drei deutsche Wanderer und ein Ehepaar, welches eine Unterkunft betreibt."
"Trol wird noch heute Nacht hierher zu ihnen kommen."
Auf Gretas Gesicht zeigte sich Erleichterung und ein zaghaftes Lächeln.
"Danke, das ist doch mal eine gute Nachricht. Dass er kommt, meine ich. Das andere ist grauenvoll. "

K8

Liza nahm eines der abgerissenen Bretter und stieß es gegen die Fensterscheibe, allerdings ohne Erfolg. Ihre Hände schmerzten. Sie klemmte das Brett zwischen die Beine, damit es nicht umfiel, zog ihre Jacke aus und wickelte sie an dem einen Ende mehrfach darum, damit sich nicht weitere Holzsplitter in ihre Handfläche schieben konnten. Ein kleiner Anlauf und ein kräftigerer Stoß als vorher brachte die Scheibe zum Bersten. Die Splitter flogen alle nach innen, da das gestapelte Holz keinen einzigen hindurch ließen. Zumindest fühlte es sich so an.

Beim Aufprall hatte Liza instinktiv die Augen geschlossen, sodass es nur ein wenig auf der rechten Wange pikste.

"Halloooooo, ist da jemand?? Halloooooooooooooooo. Hieieieieier. Warum hört mich keiner? Verdammt, ich will hier raus. Sie wollte nicht weinen. Sie hatte Hunger und Durst und musste pinkeln. Es ekelte sie, die Papiertüte aufzunehmen und von dem Inhalt zu essen.

Ratten und Mäuse gehörten zu den Tieren, die sie aufs Tiefste verabscheute, von den Exkrementen ganz zu schweigen. Die Tetrapaks mit Saft waren verschlossen, damit hatte sie kein Problem. *Verdursten wird die Prinzessin nicht und verhungern schon gar nicht. Ich habe ein paar Reserven auf der Hüfte, die mich schon lange ärgern.* Sie hatte die Saftpäckchen auf die unterste Stufe gestellt und bewegte sich langsam dorthin, um sich eines zu nehmen. Die Hoffnung auf ein weiteres Schlupfloch schwand, Ratten und Mäuse konnten durch die kleinsten Ritzen ein und aus marschieren. Nachdem sie getrunken hatte, versuchte sie langsam und vorsichtig auf das Regal zu klettern, es war nicht an der Wand befestigt, was sie durch leichtes Rütteln feststellen konnte. Sie überlegte, dass es strategisch besser sei, nicht von vorn darauf zu steigen, sondern von der Seite, da sie schnell mit ihrem Gewicht das Regal umreißen würde. Der Gedanke war richtig, denn so konnte sie sich mit der rechten Hand an dem Hebel des Fensters festhalten. Bäuchlings legte sie sich lang auf das Regal und versuchte mit dem linken

Handballen vorsichtig die Scherben zu entfernen, die voller Widerstand ihre Zacken zur Mitte führten. Liza hatte den Ärmel ihres Sweatshirts so weit herunter gezogen, dass ihre Hand jedenfalls etwas geschützt war. Ein kurzer Schmerz erreichte ihr Gehirn, ein Stich, ein ganz kleiner nur. Es funktionierte, obwohl es sehr anstrengend war, auf dem Bauch derartige Aktivitäten durchzuführen, dann noch mit der linken Hand.

Sie konnte die Geräusche des Waldes hören, die Vögel, das Rauschen. Sie konnte den Wald riechen, die modrige Erde, die der Vielfalt der Bäume jahrein jahraus Nahrung bot. Die Natur war im Einklang mit den vier Jahreszeiten, bildete ein Habitat für Mensch und Tier. Die Prinzessin im Erdloch schöpfte wieder Hoffnung. Ich werde nicht sterben, ich werde nicht sterben. Da sie die Stoßbewegungen mit der linken Hand immer wieder kurz unterbrechen und sich auch damit abstützen musste, fühlte sie plötzlich einen langen kalten Stab, der sich wie eine Gardinenstange anfühlte.

"Jippiiiiiii, schrie sie, dich schickt der Himmel." Sie versuchte, diese Stange

durch einen Spalt des gestapelten Holzes zu schieben. Gleich beim ersten Versuch konnte sie die Stange durch einen Zwischenraum schieben, was die Vermutung zuließ, dass der ganze Haufen nicht all zu tief war. Liza nahm ihre ganze Kraft zusammen und versuchte mit kreisenden Bewegungen den Stapel zum Kippen zu bringen. Es war inzwischen später Abend und sie gab die Hoffnung auf eine schnelle Befreiung auf. Sie beschloss, die Nacht in diesem Verlies auszuhalten, um Kräfte zu sammeln. *Die Prinzessin musste noch warten,* dachte sie, während sie glaubte oben ein Geräusch zu hören.
"Oh mein Gott, bitte nicht. Ist er zurück gekommen?" Ihr Herz begann heftig zu schlagen. Komisch, dachte sie, warum rufen die Menschen Gott, wenn sie in Not sind. Sie zählte sich nicht zu den gläubigen Menschen, konnte sich nicht einmal daran erinnern, wann sie zuletzt in der Kirche war. Da war es wieder, dieses Rumpeln, als wenn jemand an der Tür rüttelte, meinte sie zumindest. Liza schrie aus Leibes Kräften.
Der Wanderer hatte seinen MP3Player so laut gestellt, dass die Musik in seinen

Ohren ihrem Rufen keine Chance gab, sie filterte alle Geräusche um ihn herum.
Als er den Zettel las, V*orübergehend geschlossen*, zog er weiter seines Weges, voll im Rausch von Angus Young, dem Gitarristen, und Brian Johnson, dem Sänger seiner Lieblingsband AC/DC.
"Keine Paranoia, sagte sie laut zu sich selbst, keine Paranoia, da war jemand an der Tür".
Die Prinzessin gibt nicht auf, morgen ist auch noch ein Tag und übermorgen, sprach sie sich in Gedanken selber Mut zu. Eigentlich hatte sie das Zeitgefühl bereits verloren und überlegte, wie viel Tage sie schon da unten....1, 2, 3? Vorsichtig hangelte sie sich wieder herunter und kauerte sich auf den Boden um ein wenig zu schlafen und Kräfte zu sammeln. Übelkeit und Hitze zwangen sie dazu,.....sooooo müüüüüüd...........

K9

"Milla, wäre es möglich, dass ich die Eltern des Mädchens anrufe, welches ich betreue?
Es ist wichtig, bitte."
"Meinen sie nicht, dass es dafür schon ein wenig spät ist?
"Ja schon, aber da ich morgen früh meinen Termin im Krankenhaus sehr wahrscheinlich nicht wahrnehmen kann, muss ich sie davon in Kenntnis setzen."
Von dem Verdacht, den sie hatte,
sagte sie nichts, als sie ihr Handy nahm und die Nummer von Lisbeth und Kristof wählte.
"Hallo Lisbeth, Greta Berg hier, bitte entschuldigen sie die späte Störung. Wir haben morgen früh einen Termin im Krankenhaus, aber ich kann den Termin sehr wahrscheinlich nicht wahrnehmen. Wenn sie mit meinem Kollegen sprechen möchten, werde ich das arrangieren."
Ich werde ihnen Bescheid geben, sobald ich kommen kann. Ich habe aber noch eine Frage, gibt es eine Lieblingsgeschichte, die ihr Sohn Gus gerne gehört oder gelesen hat? *Die*

Prinzessin in der Erdhöhle," wiederholte Greta langsam und sah dabei Milla an.
"Das kann ich im Moment nicht sagen. Lisbeth bitte, im Moment gibt es noch keine Erkenntnisse, ob Gus damit überhaupt etwas zu tun hat. Beruhigen sie sich. Ist ihr Mann zuhause? Gut, versuchen sie zu schlafen. Ich melde mich, versprochen."
"Haben sie eine Idee, "wollte Milla wissen?
"Kennen sie das Märchen, *Prinzessin in der Erdhöhle?*"
"Klar, wer kennt das nicht. Der König sperrt seine Tochter in ein Erdloch, so eine archaische Erziehungsmethode. Ich fand es gruselig. Wieso fragen sie?"
"Das Mädchen, welches ich betreue und nicht spricht, ist sehr wahrscheinlich von ihrem kranken Halbbruder schwer misshandelt worden. Anschließend hat er das wehrlose Mädchen in eine Höhle gestoßen und den Eingang zugestopft."
"Was?"
"Ja, und nun ist eine junge Frau spurlos verschwunden, die in dem Gebiet eine Touristenstation betreut hat. Gus, so heißt der Halbbruder, und auch das

Fahrzeug der Frau sind wie vom Erdboden verschluckt."
"Nun, der Muddus ist fast 500 qkm groß, da kann man sich doch auch gut verstecken."
"Stimmt, er kennt sich dort gut aus, aber wie in dem vorherigen Fall wird er sich nicht mit einer weiteren Person belasten, das heißt, mit ihr durch das Land ziehen."
"Glauben sie, er hat das Mädchen getötet?"
" Nein, er bestraft sie damit, indem er sie irgendwo einschließt, weil sie in seinen Augen ungehorsam ist."
"*Prinzessin in der Erdhöhle,*" wiederholte Milla.
"Richtig, wenn TT gleich zu uns kommt, werde ich ihm meine Vermutung mitteilen, darum ging es auch in unserem Treffen. Einen Zugang zu den Gedanken des Jungen zu bekommen."
"Wer ist bitte schön TT?"
"Thore Trol, der Kommissar aus Gällivare. Alle machen sich einen Spaß daraus, seinen Nachnamen wie Troll auszusprechen. Das findet er aber nicht witzig und bittet einfach um TT."

Die beiden Frauen erzählten sich von Gott und der Welt. Als es an der Bürotür klopfte, stellten sie fest, dass zweieinhalb Stunden vergangen waren.
Die Tür ging auf, TT betrat das Zimmer.
"Hey, was ist passiert," fragte er und ging direkt zu Greta, um sie zu begrüßen. Dass er Milla gar nicht beachtete, war ihr unangenehm.
"Darf ich ihnen Milla vorstellen?"
"Hey Milla," sagte er nur, ohne Greta aus den Augen zu lassen.
"Bitte setzen sie sich, ich erzähle alles der Reihe nach."
"Ich besorge uns mal einen Tee," sagte Milla und verließ das Büro. Sie drehte sich noch einmal um, da sie nicht glauben konnte, was sie gerade gesehen hatte, das Hemd dieses Kollegen war einzigartig. Diese breiten Neonstreifen auf der Brust erinnerten sie an die Warnwesten der schwedischen Straßenkontrolle.
Als Greta den Vorfall im Raddison geschildert hatte, Thore hörte einfach nur zu, ohne sie zu unterbrechen, nahm er sie in die Arme und drückte sie ganz fest.
"Es wird sich alles aufklären, mach dir keine Sorgen. Ich werde alles im Auge

behalten. Das stinkt doch zum Himmel, dieses Schwein hat dich reingelegt."
Er hat mich geduzt, dachte Greta. Dieses tat ihr gut, fühlte sich gut an.
Es klopfte und Milla kam ins Zimmer mit einem Tablett, auf dem 3 Teebecher standen.
Wie zwei Ertappte lösten sie sich voneinander und sahen Milla erstaunt an. Diese überging das, was sie gesehen hatte.
"Wollen wir uns eine Pizza bestellen?" Unsere Kantine hat nur noch ein paar trockene Sandwiches im Angebot"
"Das ist eine sehr gute Idee, sagte TT, ich habe einen Bärenhunger, Thunfisch bitte."
"Für mich Hawaii, sagte Greta, mein Magen knurrt ebenfalls." Milla verschwand wieder und ließ die beiden allein.
"Krister hat uns bereits von den fünf Personen berichtet, die umgebracht wurden, könnte es Gus gewesen sein?"
"Wir vermuten es. In der Pension des ermordeten Ehepaares sind jede Menge DNA von ihm. Die drei Wanderer hat man ganz in der Nähe gefunden."

"Das verschwundene Mädchen, fragte Greta, habt ihr die Station und das Gebiet drum herum wirklich genau unter die Lupe genommen?"
"Ja schon, warum fragst du?"
" Ich habe vorhin mit der Mutter der beiden Pflegekinder gesprochen, weil ich morgen früh meinen Termin wohl nicht wahrnehmen kann, sowie es aussieht. Ganz beiläufig habe ich gefragt, ob es irgend eine Geschichte oder ein Märchen in der Kindheit gab, die Gus gerne gehört hat."
"Und?"
"*Prinzessin in der Erdhöhle.*"
"*Prinzessin in der Erdhöhle*, was ist das, ein Märchen?"
"Ja, der König bestraft seine Tochter, indem er sie in eine Erdhöhle sperrt. Sie war ungehorsam."
" Du meinst, weil er bereits seine Halbschwester gequält und in einer Höhle eingesperrt hat?"
"Ja, ich vermute, er hat es wieder getan. Mein Gefühl sagt es mir, wir müssen noch einmal an dieser Station beginnen. Sagtest du nicht, dass das Schlüsselloch mit Erde verschmiert war? "

"Das ist doch ein Anhaltspunkt, ich werde dieses morgen sofort veranlassen."
"Du sagst wir?"
"Ja, du kommst mit.
"Wie es aussieht, sagte Greta, bin ich zur Zeit die Hauptverdächtige, man wird mich hier behalten wollen. Dein Kollege tut nur seine Pflicht, ich verstehe ihn."
"Ich werde mich für dich verbürgen, ansonsten können sie mich eben suspendieren, solltest du doch...etwas damit zu tun haben," bekam er noch gerade die Kurve und zwinkerte ihr zu.
Greta fand es nicht ganz so glücklich, wie er sich ausgedrückt hatte. Aber dass er sich für sie verbürgen würde, empfand sie als sehr wohltuend.
Milla hatte anstandshalber unten in der Zentrale auf den Pizzaservice gewartet und kam nun freudestrahlend mit ihrer Beute zurück. Die drei hatten sich gerade daran gemacht, die Pizzen aufzuschneiden, als die Tür aufging, Krister und Morten waren zurück.
Kristers Mine verriet Skepsis, als er in die Runde und dann auf die Pizzaschachteln blickte.
TT sprang auf und begrüßte beide.

"Wir kennen uns, sagte er zu Krister, wir waren zusammen auf einer Fortbildung im vergangenen Jahr."
Entweder konnte er sich nicht daran erinnern, oder er war mit seinen Gedanken ganz woanders. Die Bestätigung dafür war, dass er sofort mit der Schilderung ihres Besuches im Raddison begann.
"Der Herr Anwalt hat uns im Apartment „611" empfangen, dieses hatte er auf seinen Namen für seinen Mandanten gemietet. Er war tief bestürzt, da er von dem Angriff auf seine Lebensgefährtin angeblich nichts mitbekommen hatte. Erstaunlich schnell gefasst, konnte er uns sehr genau eine Version präsentieren."
Es war Morten anzusehen, dass er sich gerne zu dem Geschehen geäußert hätte, der Blick seines Vorgesetzten hielt ihn jedoch davon ab.
"Es stimmt alles, er hat beide Apartments gemietet. Das eine im Auftrag seines Mandanten, die Nr. „611", das andere „511" eine Etage tiefer für sich und seine Lebensgefährtin, die mit ihm aus Amerika gekommen ist."

"Das glaube ich nicht, entfuhr es Greta. Das ist doch gelogen".
"Das sollten wir ihm beweisen, aber das wird nicht so einfach, sagte Krister. Wir haben den Pass von ihr sichergestellt, sie sind zusammen aus den Staaten angereist."
"Ich habe also demnach seine Geliebte aus Eifersucht umgebracht, sehe ich das richtig?"
Woher sollte ich denn überhaupt wissen, dass es so ist, er hat doch selbst in meiner Wohnung noch versucht, mich umzustimmen. Er wollte unbedingt mit mir zusammen bleiben. Man kann doch feststellen, dass er mich angerufen hat."
"Nun, begann Morten, er konnte sich nicht mehr zurück halten, er hat uns versichert, sie in ihrer Wohnung von der endgültigen Trennung in Kenntnis gesetzt zu haben. Dass er den Laptop vergessen habe, tue ihm sehr leid, da er sie deswegen noch einmal bemühen musste. Er könne sich vorstellen, wie schwer es ihnen gefallen sein muss, ihn noch einmal zu sehen. Ach ja, sein Handy muss er wohl auf dem Weg von ihnen ins Hotel verloren haben. Das Hotel hat in seinem Auftrag den

Taxifahrer kontaktiert, hatte aber keinen Erfolg, seine Karte lag griffbereit auf dem Tisch. Es war ein hochwertiges ipad, dessen Finder sich sicherlich gefreut hat."

"Er wird behaupten, dass der Finder des Handys deine Nummer einfach so herausgesucht hat, selbst wenn die Verbindung beim Provider festgestellt wird," übernahm Milla, um Mortens Redefluss zu stoppen.

"Wir haben einen DNA-Test bei ihm gemacht, da er zu dem Kreis der Verdächtigen gehört, sagte Krister. Auch da war er erstaunlich kooperativ, absolut sicher, dass bei ihm auch nicht das kleinste Staubkörnchen zu finden ist."

"Nun, er wird sich selbst auch nicht die Finger dreckig gemacht haben, sagte Greta. Wenn er schon einen Oligarchen vertritt, der......, wie ist es denn mit dem, kommt der auch in die engere Wahl?"

"Auch dieser war bereit, seinen Pass zu zeigen und sich einem DNA - Test zu unterziehen.

Es stinkt zu Himmel."

"Da können wir nur hoffen, sagte TT, dass noch weitere Spuren gesichert werden konnten, welche in einem

Hotelzimmer reichlich vorhanden sein dürften, was die Angelegenheit nicht unbedingt einfacher gestaltet. Zumal er sich ja mit dieser Frau dort aufhielt."
"Dann hat da jemand im Auftrag gehandelt," sagte Greta resigniert.
"So wie es uns präsentiert wird, ist es nicht," Tore´s Bemerkung rief Morten auf den Plan.
"Warum nicht,? wollte dieser wissen.
"Es ist alles zu glatt eingefädelt, das gefällt mir nicht, ganz und gar nicht."
"Krister, ich bitte sie darum, mit Greta noch einmal den Ort aufsuchen zu dürfen, wo das zweite Mädchen verschwunden ist. Greta hat noch eine Idee, das heißt, wenn wir das zweite Mädchen lebend finden, gibt es eventuell auch eine Spur zu dem Jungen."
Dieser sah ihn an und überlegte, während Morten schon Luft holte..
"Thore, wissen sie, was sie da von mir verlangen?"
"Ja, mir ist bewusst, dass Greta ihre einzigeVerdächtige ist, ab ich verbürge mich für sie und nehme meinen Hut, sollte ich mich täuschen." Er vermied es, Greta dabei anzusehen.

"Ich bin damit einverstanden, sie bekommen 48 Stunden, keine Minute länger."
"Aber.....," kam kläglich von Morten, dem diese Entscheidung absolut nicht passte.
"Morten, was haben sie an diesem Satz nicht verstanden? Ich möchte sie alle bitten, über diese Absprache Stillschweigen zu bewahren. Kann ich mich darauf verlassen? Alle gaben laut ihre Bestätigung."
"Sollte ich die kleinste Andeutung außerhalb dieses Raumes wahrnehmen, weiß ich, wer im nächsten Monat Tempoüberschreitungen im äußersten Zipfel Lapplands messen wird."
"Danke, sagten Greta und TT, während sie aufstanden. Sie können sich darauf verlassen.
Krister sagte nichts mehr, nickte nur noch einmal kurz und setzte sich dann an seinen Schreibtisch, wohl wissend, dass er sich mit seiner Entscheidung nun in einer Grauzone befand.
Die Theorie, dass eine fremde Person mit dem Angriff auf die Frau im Hotel damit beauftragt worden war, fing an, sich zu entwickeln.

"Deswegen haben sie alles bereitwillig beantwortet, sie haben tatsächlich vorerst nichts zu befürchten. Wir müssen nur jetzt schnellstens alle kleinsten Puzzleteile finden und den Übergang zu ihnen als Auftraggeber finden. Ich habe Olson gebeten, das Land in den nächsten 48 Stunden nicht zu verlassen. Damit war er einverstanden, denn er möchte seine Freundin in die Staaten überführen, länger allerdings nicht, da er dort zu einer großen Verhandlung erwartet wird."
"Das sind zwei Tage, wagte sich Morten aus seiner Deckung.
Krister sah ihn fassungslos an, ersparte sich und ihm darauf eine passende Antwort.
"Dann sollten wir uns beeilen, fing Milla eine Eskalation auf, denn Morten wollte noch etwas sagen.
"Moment, sagte Milla, er will seine Freundin in die Staaten überführen, ich denke, sie ist nicht tot?
"Chapeau Milla, du hast gut aufgepasst und genau das ist unser Joker, er denkt, dass es so ist.
Ich hoffe nur, dass sie diesen Angriff überlebt und wir mit ihr sprechen

können. Bitte, kannst du ins Krankenhaus fahren und nach ihr sehen? Ich habe einen Posten vor ihrem Zimmer abgestellt."
"Chef, sie haben ihn in dem Glauben gelassen, dass seine Freundin tot ist?
"Morten, welcher Scharfsinn."
"Das können sie nicht, das dürfen sie nicht," sagte er entrüstet.
"Sie glauben gar nicht, was ich alles kann und darf. Hier ist Gefahr in Verzug. Er ist sich seiner Sache sicher und begeht vielleicht einen Fehler. Er hat nicht einmal gefragt, ob er seine Freundin noch einmal sehen kann."
"Ja, und wenn er das doch noch will?" Er gab nicht auf.
"Dann werde ich ihm sagen, die Untersuchungen seien noch nicht abgeschlossen."
Morten schüttelte den Kopf. Krister sah Milla an, beide dachten sich ihren Teil.
"Milla, erinnern sie sich, dass Greta gesagt hat, sie habe vor kurzen in dem gleichen Zimmer mit diesem Mann gewohnt?"
"Ja, vielleicht finden wir noch etwas, die sollen das Zimmer auseinander nehmen. Obwohl.... er war doch jetzt auch mit

seiner Amerikanerin in dem Zimmer, egal... wir wollen alles zusammen tragen, was geht. Die Nadel im Heuhaufen, wenn ihr versteht, was ich meine."
Das Telefon klingelte, Milla nahm ab, sagte nichts, nickte nur in Kristers Richtung und beendete das Gespräch.
"OK danke, wir melden uns."
Erwartungsvoll wartete Krister darauf, was sie zu sagen hatte.
"Jetzt wird es interessant, die Einstiche sind alle von vorn erfolgt, aber nun kommt es.
Die Einstichkanäle lassen den Verdacht zu, dass es ein Linkshänder war. Dieser hat sich zwar bemüht, es nicht so aussehen zu lassen, aber es ist ihm nicht so gelungen. Die Einstichwinkel beweisen es. Die Gerichtsmedizinerin macht seit 30 Jahren ihren Job und es gibt wohl nichts, was sie noch nicht gesehen hat. Das Opfer hatte einen Schutzengel im Gepäck, keine Organverletzungen, trotz der Vielzahl der Einstiche. Der Blutverlust war die größte Sorge. Sie liegt jetzt im künstlichen Koma und soll sich in den

nächsten Stunden erholen. Sie wird wieder gesund."
"Leute, keinen Ton an die Öffentlichkeit. Das ist unsere Versicherung."
"Allerdings, wenn er wüsste, dass sie lebt, könnten wir ihn damit nicht auch ködern?"
"Dann müssten sie ihm ja sagen, sie sei von den Toten auferstanden, fiel es Morten ein."
"Das könnten sie doch übernehmen, Morten, wie wäre das denn?"
"Nee, damit will ich nichts zu tun haben, gab dieser beleidigt von sich."
"Allerdings, meinte er, wie blöd ist der denn, das selbe Zimmer zu nehmen."
"Der ist nicht blöd, der spielt mit uns, präsentiert uns ganz bewusst und gezielt seine DNA, denn sein Alibi ist wasserdicht, noch...., wenn nicht, werde ich es heraus finden."
"Chef, es wurde übrigens kein Zimmerservice für ein Getränk gerufen, zog Morten noch einen vermeintlichen Joker aus dem Ärmel."
"Ja, und?"
"Also, keiner hat diesen Auftrag entgegengenommen, es wurde keine Getränk bestellt."

Greta dachte an Gus, nur für einen kurzen Augenblick. Ihr Bauchgefühl hatte sie in diese Ecke gelockt. Ist er nicht auch Linkshänder?

K10

"Können wir kurz bei mir halten, ich muss mich unbedingt umziehen, es geht auch schnell," fügte Greta noch entschuldigend hinzu."
"Wie geht es dir?"
"Es geht jetzt wieder, da ich das Gefühl habe, dass man mir glaubt."
"Na ja, so ein paar Restzweifel...... gab er von sich und grinste sie an.
"Jeder Mensch hat seine Geheimnisse, Abgründe tun sich auf, du hast keine Vorstellung. Das Kuriose ist, dass die Menschen ihre Lügen für sich in Wahrheit umwandeln und dadurch sehr überzeugend wirken."
"Ich weiß, das erleben wir ja täglich."
"Nein, sagte Greta, bei euch ist es anders, sie lügen, weil.... weil sie glauben, somit nicht für ihre Straftaten zur Rechenschaft gezogen zu werden. Falsche Alibis, anderen die Schuld in die Schuhe zu schieben."
"Lügen ist lügen, "sagte Thore.
"Das glaubst du nur. Es gibt noch eine andere Variante. Verletzte Menschen, ich meine damit nicht nur die physischen sondern gleichwohl die psychischen

Verstümmelungen, bringen Menschen dazu. Sie nehmen die Täter in Schutz, geben sich selbst die Schuld. Sie nehmen die Schuld auf sich, kennen es von früher aus ihrer Kindheit, weil man ihnen tatsächlich immer die Schuld gegeben hat, an allem, was schieflief. An der Trennung der Eltern, weil das Geld nicht reichte, weil sie zuviel Zeit in Anspruch nehmen.... Tausend Gründe von Schuldeingeständnissen, sie übernehmen die Strukturen aus der Familie und glauben es am Ende selbst."
"Das ist ja noch viel schlimmer, als wenn mich ein Krimineller belügt, sagte Thore kaum hörbar."
Sie sahen sich beide an und lächelten.
Ein Mann der mir zuhört und mich auch noch versteht, ein wunderbares Gefühl.
"Bitte, jetzt rechts abbiegen und dann siehst du schon den Marktplatz, du kannst hinter den Taxen halten, ich bin gleich wieder unten. Einen kurzen Augenblick war sie versucht, ihn mit nach oben zu nehmen.
"Da ist absolutes Halteverbot, bitte lass den Motor laufen, 10 Minuten sind erlaubt."
"Welches Stockwerk?"

"Ganz unter dem Dach."
"Was wäre unsere Welt ohne Fahrstuhl, rief er beim Aussteigen noch hinter ihr her."
Sie lächelte ihn an, sagte aber nichts. Keine 10 Minuten später saß sie wieder bei ihm im Auto.
"Dann mal los. Ich muss nur kurz meine Assistentin informieren, dass ich morgen früh nicht kommen werde."
"Wir werden ca. 3 Stunden unterwegs sein, legen uns noch ein zwei Stunden aufs Ohr, frühstücken und fahren dann zum Muddus."
Greta hatte alles verstanden, was er gesagt hatte, traute sich aber nicht zu fragen, was er mit den ein zwei Stunden aufs Ohr legen gemeint hatte. Vor allem, wo dieses geschehen sollte.
Da sie nicht antwortete, sah er sie von der Seite an, was ihr nicht verborgen blieb.
"Ich werde dich in mein Haus locken, dir das Gästezimmer anbieten, warten, bis du eingeschlafen bist und dann über dich herfallen. Wie gefällt dir das?
Sie war sprachlos, denn in diesem Augenblick wünschte sie sich das, genau in dieser Reihenfolge. Sie lächelte.

"Nun, wir könnten vorher eine Kleinigkeit essen, ich habe noch ein paar Spagetti von gestern. Mit meiner speziellen Spezialsoße strecken wir das ganze so, dass wir beide satt werden."
"Das hört sich doch gut an."
Thore freute sich, sie so verunsichert zu haben. Als er nach einer guten halben Stunde zu Seite blickte, weil ein regelmäßiger Pfeifton aus ihrer Ecke kam, stellte er fest, dass sein Fahrgast eingeschlafen war. Als später das Auto hielt, schreckte sie hoch und sah verstört um sich.
"Was ist passiert, haben wir eine Panne oder Stau?"
"Nein, du hast den Rest der Fahrt geschn....geschlafen," kriegte er gerade noch die Kurve.
"Ich gehe kurz in mein Büro und hole mir die Akte, bin gleich wieder bei dir. Oder möchtest du mit rein kommen?"
"Nee, geh nur, ich warte hier auf dich, ich werde nicht weglaufen."
Er war schon ausgestiegen, beugte sich aber noch einmal herunter und sah sie durch die Scheibe an, lächelte und zwinkerte ihr zu.

Ihr Herz begann schneller zu schlagen.
Sie fragte sich, was passiert hier gerade mit mir?
Sie schwitzte, obwohl sie eben nach dem Aufwachen fror.
"Das waren aber mehr als zehn Minuten," sagte sie scherzhaft, als er sich wieder neben sie setzte.
"Ja, ich musste mir unseren kleinen Ausflug genehmigen lassen und etwas Überzeugungsarbeit leisten, da ich die Tatverdächtige eines anderen Falles mitnehme."
Ihre Hände spielten miteinander, da sie für einen Moment verunsichert war.
"War ein Scherz, meinte er nur, ich verschrecke mit meinem schrägen Humor gerne meine Umwelt.
Das war auch der Grund, warum meine Frau...., einer der vielen Gründe."
"Deine Frau, hat sie dich verlassen?"
"Ja."
"Habt ihr Kinder?"
"Nein, auch ein Grund, einer der....."
Sie schwiegen beide, bis das Auto vor einem kleinen typisch nordisch roten Holzhaus mit weißen Fenstern hielt. Ein farbenfrohes Blumengemisch des Spätsommers gestaltete den Vorgarten,

als hätte sein Besitzer eine bunte Patchworkdecke schützend darum gelegt.
"Das ist ja niedlich," sagte Greta.
"Niedlich?? Ich habe schon viele Adjektive gehört, aber niedlich...."
"So ein Haus.... davon träume ich manchmal." Als sie den Satz ausgesprochen hatte, merkte sie, wie er sie ansah.
"Habe ich auch immer, irgendwann wurde er wahr, der Traum. Meine Frau hat sich hier nie wohlgefühlt, ein weiterer Grund. Wenn man etwas halbherzig macht, geht es meistens nicht gut. Es sei denn, die Liebe ist groß genug, Opfer für den Partner zu bringen. Sie war es wohl nicht, die große Liebe, meine ich."
"Ja, wir belügen uns gerade auf diesem Gebiet auch gern und verwechseln sie oft mit Wunschdenken. Wenn die Liebe groß genug ist, gibt es immer wieder einen Ausgleich, den Ball, den man gerne zurückwirft, wenn die Liebe keine Bedingungen stellt. "
"Ein schönes Bild, nur manchmal wird der Ball nicht zurück geworfen. Natürlich kann man die Würfe nicht 1 zu

umsetzten, aber man sollte sich bemühen, alles in der Waage zu halten. Tut es das nicht, landet der Ball irgendwo und ein anderer fängt ihn auf."
"Sie hat einen anderen?"
"Ich war zu oft nicht da, noch ein Grund. Greta, ich freue mich, dass du da bist, habe es mir immer vorgestellt, seitdem ich dich gesehen habe. Ich werde nicht mehr über Grit sprechen. Wir hatten eine schöne Zeit, aber die ist vorbei. Sie ist und bleibt ein Teil meines Lebens. Ich habe auch dazu beigetragen, dass es nicht funktioniert hat. Wir können heute miteinander reden sogar lachen, wenn wir uns sehen, das konnten wir damals zum Schluss nicht mehr. Jedenfalls haben wir uns am Ende nur verletzt, mit Worten meine ich, vielleicht waren wir auch zu jung, als wir heirateten." Dass sie unlängst einen Neuanfang vorgeschlagen hatte, behielt er für sich. Er war nicht darauf eingegangen, hatte es als Scherz abgetan und mit einem Lachen überspielt. Später, zuhause hatte er kurz überlegt, sie anzurufen. Sie hatte ihn betrogen und dieses Vertrauen würde er nie wieder haben. Dieses Urvertrauen der Liebe, dem anderen alles zu sagen,

alles für ihn zu tun, ihm blind überall hin zu folgen, war ausgelöscht.

Er schloss die Tür auf, ging vor und Greta nahm alles mit ihren fünf Sinnen auf. Die gemütliche Einrichtung, die Sauberkeit, den Geruch, die ganze Atmosphäre des Hauses.

Das Haus eines Mannes, der viele Stunden des Tages seinem Beruf nachging, den er mit Leib und Seele lebte.

"Ist das schön bei dir, als wenn du gerade eben erst aus dem Haus gegangen bist, weil du eine Zutat für dein Kochrezept vergessen hast."

"Du hast die zugemüllte Höhle eines alleinstehenden Polizisten erwartet, gib es ruhig zu?"

"Wie oft kommt deine Putzfrau, jeden Tag? Was sie für sich behielt, war der Gedanke, dass sie diesen Menschen mit derart schrägen Oberhemdmustern niemals in solch einem Haus vermutet hätte.

"Ich muss dich enttäuschen, die brauche ich nicht. Meine Hemden bügele ich selbst.

Meine Schwester will es immer für mich erledigen, aber sie macht es nicht so wie

ich. Meine Mutter lädt mich ab und zu zum Essen ein, wenn ich sonntags mal frei habe, das nehme ich gerne an. Ich liebe sie sehr und bin froh, dass es ihr gut geht und sie in meiner Nähe wohnt. Ich fahre auch manchmal unangemeldet bei ihr vorbei, nur um sie in den Arm zu nehmen, da sie sich immer sehr um mich sorgt. Sie wollte nicht, dass ich zur Polizei gehe, weil mein Vater bei einem Einsatz tödlich verletzt wurde. Gesagt hat sie es nie, aber ich weiß es. Als ich ihr damals meine Bewerbung gebeichtet hatte, konnte ich es in ihren Augen sehen. Aber sie war so klug und hat es nie ausgesprochen, das habe ich ihr hoch angerechnet. Ich verspreche ihr auch immer, gut auf mich aufzupassen."
Greta ging das Herz auf bei diesem Mann. Ein liebevoller Kerl mit Ecken und Kanten, aufrichtig, besorgt und durchaus bereit, Fehler einzugestehen. Schwarze Haare, braune Augen, gar nicht wie ein Schwede.
"Wer von deinen Eltern kommt nicht aus Schweden?"
"Mein Vater hat meine Mutter im Urlaub in Italien kennengelernt. Na ja, da ich mich kurze Zeit später angekündigt

hatte, hole er sie in sein Land. Die beiden haben sich so geliebt, wie ich mir eine Partnerschaft immer vorgestellt habe. Natürlich flogen auch manchmal die Fetzen, italienisches Temperament eben. Das Gästeklo ist hier rechts. Das Essen dauert noch fünf Minuten. Die Schlafzimmer sind oben."
Plural, dachte Greta, was sich auf den letzten kurzen Hinweis bezog.
Greta hatte noch kein Gästeklo betreten, wo es auch irgendwie gemütlich war, ein passenderes Adjektiv fand sie momentan nicht. Augenscheinlich ist Thore ein Treibholzsammler, dachte sie. Kleine vom Wasser rund geschliffene Holzteile in einer Glasschale auf der Fensterbank, so wie der eckige Rahmen des kleinen Spiegels über dem Waschbecken, welches seinen Platz auf einem massiven Holzblock, ebenfalls vom Meer geformt, gefunden hatte. Muscheln auf der Konsole, Fliesen mit Muscheldekor, alles passte zusammen eine Collage, ohne kitschig zu sein.
"Alles OK bei dir Greta?" Thore klopfte kurz an die Tür.
"Ja, ja alles bestens, mir geht es sehr gut," den zweiten Teil der Antwort sagte

sie kaum hörbar zu sich selbst. Langsam ging sie zurück und stellte sich in den Türrahmen der Küche. Ihre Augen wanderten über die derben unbehandelten Holzdielen zu dem großen Holztisch mit den sieben verschiedenen bunten Stühlen. Die gelungene Kombination der naturweißen Wände und Decken mit den Holzschränken verzauberten sie und machten sie sprachlos. Treibholz in allen Variationen rundeten das Bild auch hier gekonnt ab, ohne überladen zu wirken. Thore hantierte mit den Spaghetti wie ein Profi und platzierte sie gekonnt auf den extra großen tiefen Tellern. Er wartete darauf, dass sie etwas sagte.
"Was duftet hier so köstlich?"
"Meine Spezial Trüffel - Sahne - Estragon - Soße, nein, nicht aus der Tüte, das wolltest du doch fragen?
"Nachdem du mir erklärt hast, was du lieber alles selbst erledigst, hätte ich mir nie erlaubt, diese Frage zu stellen."
"Dann darfst du dich setzten, Wasser oder Saft, was hättest du gern?"
"Beides gemischt," kam nach kurzem Zögern, denn irgendwie hatte sie mit einem Glas Rotwein geliebäugelt. Greta

starrte fasziniert auf jeden Stuhl, als böte sich jeder von ihnen an, auf ihm Platz zu nehmen. Thore beobachtete sie dabei und schmunzelte.

"Ich kann mich nicht entscheiden, sie sehen alle sieben wunderschön aus."

"Die habe ich aber nicht selbst hergestellt, ich bin ein leidenschaftlicher Flohmarktgänger. Mir fehlt noch der achte, wie man unschwer erkennen kann."

Greta entschied sich für den roten Stuhl mit einer runden Rücklehne. Als sie sich hingesetzt hatte, blickte sie dabei die anderen sechs an, als wollte sie sich dafür entschuldigen, nicht ihrer Einladung gefolgt zu sein. Sie strich mit beiden Händen ganz vorsichtig über die ebenfalls unbehandelten Holzteile, die zu einer Tischplatte vereint waren. Unzählige Spuren des Meeres sowie seiner Gäste in der Küche, die Thore verwöhnt hatte, machte sie perfekt. Das Essen duftete köstlich und genauso schmeckte es auch.

"Wir sollten uns jetzt noch ein wenig hinlegen, damit wir morgen früh zeitig losfahren können. Das Gästezimmer befindet sich gleich rechts, wenn du die

Treppe hinauf gehst, das Bad genau gegenüber. Ich werde kurz die Küche aufräumen und dann ebenfalls zu Bett gehen."
Greta bot sich nicht an, beim Aufräumen zu helfen, da sie annahm, dass er es ohnehin nicht wollte.
Er schien ihre Gedanken zu lesen.
"Leg dich hin, ich habe eine Spülmaschine. Schlaf gut, ich wecke dich zeitig genug."
Greta war fast ein wenig enttäuscht. Die vertrauliche Stimmung war dahin, aber was hatte sie denn erwartet, was hatte sie sich gewünscht? Als sie in ihrem Bett lag, lauschte sie noch kurz den Geräuschen, die aus den unteren Räumen kamen, dann schlief sie ein. Ein zartes Klopfen ließ sie hochschrecken.
"Greta, es ist sechs Uhr, das Frühstück ist fertig."
Sie sprang aus ihrem warmen Bett, trudelte ins Bad und war in weniger als fünfzehn Minuten unten in der Küche. Der Kaffee war eingeschenkt und duftende Zimtschnecken vereinigten sich zu dem Unbeschreiblichen, was ihr gerade in die Nase stieg.

"Du hast schon gebacken," fragte sie etwas herausfordernd?

"Am letzten Wochenende ja, den Rest hatte ich eingefroren. So habe ich immer für solche Gelegenheiten eine Reserve."

"Verstehe, immer wenn du Damenbesuch hast, überrascht du sie damit."

Es sollte ein Scherz sein, den Thore aber nicht als solchen annahm. Er sagte nichts.

Greta fühlte leichtes Unbehagen, sie hatte offensichtlich einen wunden Punkt getroffen.

"Entschuldige, ich..... es sollte ein Scherz sein, ich habe es nicht so gemeint."

"Du bist die erste Frau nach über drei Jahren, die ich in mein Haus bitte, Greta. Bei dir war ich mir von Anfang an sicher, dass ich es wagen kann." Greta legte ihre Hand auf seine.

"Ich fühle mich sehr wohl bei dir..... in deinem Haus... also nicht nur in deinem Haus, sondern mit dir zusammen zu sein, ist einfach nur schön."

"Lass uns erst einmal die gemeinsame Arbeit tun und dann sehen wir weiter, bist du damit einverstanden?"

"Ja, das bin ich," sagte sie leicht irritiert.
Wenig später saßen sie im Auto und fuhren Richtung Muddus. Sie genossen beide die Gesellschaft des anderen, die aufgehende Sonne im Morgendunst, aber auch die vergangenen gemeinsamen Stunden. Die Vertrautheit war ganz plötzlich wieder da.
"Kennst du das Camp, weißt du wie es heißt, wollte Greta wissen.
"Ja, ich war schon einmal dort, es heißt „Porjus" und ich habe es in meinem Navi gespeichert. Jetzt in diesem aktuellen Fall war ich nicht dort, das war eine andere Mannschaft.
Normal sind dort keine Fahrzeuge erlaubt, nur in Ausnahmen. Noch knapp vierzig Minuten."
"*Prinzessin in der Erdhöhle,*" sagte Thore unvermittelt.
"Hoffentlich liege ich richtig mit meiner Vermutung," sagte Greta.
"Lass es uns versuchen, nichts ist schlimmer, als einen Menschen nicht zu finden, lebend zu finden."
Als sie das Camp erreichten, stiegen sie nicht sofort aus.
"Du hast einen Schlüssel für das Haus?"

"OK, du schließt auf, ich gehe mal hinter das Haus, ob ich irgend etwas sehen kann," sagte Greta. Sie konnte außer einem Holzhaufen, der an der Rückwand gestapelt war, nichts Auffälliges erkennen. Eine weiße Gardinenstange steckte zwischen dem Holz. Was macht eine Gardinenstange hier in diesem Holzhaufen, dachte sie, fasste sie aber nicht an. Greta ging langsam um das Haus herum und betrat den Innenraum. Sie sah Thore kniend auf dem Boden, wie er einen Teppich zur Seite schob und versuchte, eine Kellerluke hoch zu heben.
"Bitte sieh in die Akte Greta, ich kann mich nicht daran erinnern, dort von einem Keller gelesen zu haben, sie liegt dort auf dem Tisch." Greta überflog die Örtlichkeiten, die dort aufgeführt waren.
"Nein, von einem Keller steht hier nichts. Das Schloss musste allerdings aufgebrochen werden, da es verstopft wurde."
Thore sah sie an und holte tief Luft, während er an dem kleinen Band zog, was dort an der Schraube hing. Er stellte sich hin, zog die Luke auf, während er mit der linken Hand eine kleine Maglite

hielt. Er leuchtete in die modrige Dunkelheit.
"Kannst du was erkennen?"
"Nein, ich geh da jetzt runter, bitte bleib du erst einmal hier oben."
Greta fügte sich, obwohl sie lieber mit ihm dort runter gegangen wäre. Vorsichtig stieg er die wackeligen Stufen hinunter. Es dauerte eine gefühlte Ewigkeit, bis er sie rief.
"Greta, sie ist hier und sie lebt, bitte komm."
Beide knieten neben dem Mädchen und versuchten, sie wach zu bekommen.
"Was ist mit ihr, ein Saftpäckchen ist noch voll, verdurstet ist sie nicht," sagte Thore.
"Sieh dir die linke Hand an, sie ist ganz rot und geschwollen, der Arm ebenfalls. Ein dicker blauer Strich bahnt sich einen Weg in Richtung Herz. Es ist eine Sepsis, das Mädchen ist in akuter Lebensgefahr, wir brauchen sofort einen Heli."
"Bleib bei ihr, sagte er, ich gehe zum Funkgerät im Auto, ich bin gleich wieder da. Unsere Handys haben sicherlich keine Chance."

"Hast du eine Decke, ich möchte ihren Kopf stützen. Frieren tut sie nicht, sie hat hohes Fieber."
"Der Heli ist unterwegs, ich habe ihnen den Zustand geschildert, alles wird gut," sagte er, als er wieder unten ankam. Er gab ihr die zusammengefaltete Decke.
Greta sagte nichts, sprach ihre Befürchtung nicht aus, da sie seine Hoffnungen nicht zerstören wollte.
"Was ist das für ein Mensch, der anderen solches Leid zufügt, wie wird man so, es kommt doch keiner so auf die Welt?"
"Wie oft hast du in deinem Leben schon das Bedürfnis gehabt, einen Menschen zu schlagen, Thore?"
"In meinem Beruf oder in meinem Privatleben?"
"Egal, es macht keinen Unterschied."
"Also.... wenn ich es genau überlege, sowohl als auch, ja, durchaus gab es schon die eine oder andere Situation."
"Aber du hast es nie getan, oder?"
"Nein, das habe ich nie, ich konnte mich beherrschen."
"Genau das ist die Antwort, du konntest dich beherrschen, weil man es dir beigebracht hat.

Es gibt so viele armselige Kreaturen, denen man nichts beigebracht hat, gar nichts. Man hat sie in die Welt gesetzt und sich selbst überlassen. Und ja, ich habe viele Eltern kennengelernt, die hätte ich nicht nur schlagen, sondern umbringen können, so wütend haben sie mich gemacht. Privat hatte ich auch unlängst das dringende Bedürfnis, jemanden zu schlagen oder einfach so von meinem Balkon zu stoßen. Es hat mich aus der Fassung gebracht, dass dieser Mensch mich physisch und psychisch sehr verletzt hat, aber auch dass er es geschafft hat, diese Wünsche bei mir überhaupt entstehen zu lassen. Er brachte mich an den Rand der Selbstkontrolle, ich hätte nie geglaubt, dass mir das passieren könnte. Du wirst es nicht glauben, aber für meinen Beruf war das eine Erfahrung, die meine Empathie für andere noch erweitert hat. Du siehst, es gibt bei all diesen schlimmen Dingen auch Positives. Es bedeutet allerdings nicht, dass es für alle schlimmen Dinge eine Entschuldigung gibt. Die meisten Menschen haben es unter Kontrolle, sonst gäbe es noch viel mehr Mord und Totschlag auf unserem Planeten."

"Nun, in meinem Beruf zweifeln wir schon sehr daran, das kannst du mir glauben," gab Thore als Einwand.

"Dein Beruf wird dich daran hindern, dich vom Gegenteil überzeugen zu lassen, da du ja ausschließlich mit Straftaten zugeschüttet wirst."

"Na ja, in deinem Beruf ist es doch ähnlich, oder?"

"Stimmt. Kinder und Jugendliche, die allem ausgeliefert sind, was Erwachsene sich einfallen lassen. Sie ertragen alles bis zu einem bestimmten Punkt. Glaube mir, dieser Ideenreichtum hat keine Grenzen. Am Tag X brechen sie aus, wenn sie es nicht mehr aushalten können und zeigen das, was sich bei ihnen angestaut hat. Grenzenlose Wut, Ängste, Erniedrigungen, physische Schmerzen und Schuldgefühle kommen ans Tageslicht. Dann passieren schreckliche Dinge. Manchmal erst, wenn sie erwachsen sind und selber Kinder haben. Tränen bahnten sich ihren Weg über Greta's Gesicht. Ich habe schon manches Mal gedacht, ich habe alles gesehen und gehört, was es an Perversitäten unter den

Menschen gibt. Aber das stimmt nicht, es gibt immer neue Auswüchse. "Thore blickte sie bestätigend an und nickte.
"Wie Recht du hast. Uns fehlt nur allzu oft genügend Empathie für die Täter, denn wenn ein Menschenleben ausgelöscht wurde, kann keiner mehr etwas tun. Aber ist nicht gerade das sehr kompliziert, wenn du auch die Erklärungen für Taten herausfindest? Ich meine, kannst du dann immer objektiv sein?"
"Ich bemühe mich, sagte sie ganz leise."
"Ich habe ein Buch gelesen von einem deutschen Rechtsanwalt, Ferdinand von Schirach. Es heißt „Verbrechen". Für jeden einzelnen lausigen Fall wäre ich genau wie er bereit gewesen, die Verteidigung des Täters zu übernehmen, einfach weil ich dachte, ich hätte genauso handeln können. Wohlgemerkt konjunktiv."
"Ich kenne dieses Buch sagte Greta, das gehörte in eines der Semester. Genau das meinte ich damit."
Sie hörten den Hubschrauber.
"Bleib du bei ihr, ich gehe hoch."

An der Treppe blieb er stehen, berührte mit seiner rechten Hand sanft ihren Nacken.
"Dieses Gespräch würde ich gerne weiterführen......"
Sie blickte zu ihm auf und schenkte ihm ein Lächeln, was er einfing und mit sich nahm.
Das Rotorgeräusch klang bedrohlich, weil sie unten im Keller waren. In Windeseile kamen der Notarzt und zwei Sanitäter mit Thore hinunter in den Keller. Greta schilderte kurz ihre Diagnose. Ohne viel Diskussionen hoben sie das Mädchen auf eine flexible Trage für unwegsame Bergungsorte, legten professionell den Zugang für den Tropf und setzten ihr die Sauerstoffmaske auf.
"Ich bin Ärztin in der Kinder- und Jugendklinik im Karolinska Institut in Stockholm. Wäre es möglich, das Mädchen dorthin zu fliegen?
Der Notarzt überlegte einen Moment und verneinte.
"Ich würde es tun, aber in ihrem Zustand sollten wir den kürzesten Weg in eine Klinik nehmen und die ist in Gällivare. Die Versorgung der Sepsis hat Vorrang. Ich werde aber, wenn die Lebensgefahr

gebannt ist, dieses befürworten, denn sie wird traumatisiert sein."
"Danke, sagte Greta, ich möchte mich persönlich um sie kümmern."
"Versprochen," sagte der junge Notarzt und lächelte sie an. Sein Blick war voller Bewunderung und einen kleinen Augenblick länger als nötig, was Thore nicht entging.
Der Heli startete. Das dumpfe Geräusch verschwand mit der dunklen Wolke, die sich kurz vor die Sonne geschoben hatte. Nun schenkte sie der Welt wieder ihr strahlendes Leuchten und die beiden gingen den kurzen Weg zum See schweigend nebeneinander, hingen einfach ihren Gedanken nach.
"Sie wird es schaffen, ich glaube fest daran, sagte Thore, du hattest die richtige Vermutung zum richtigen Zeitpunkt, das ist kein Zufall."
"Ich hoffe es auch, ich werde gemeinsam mit ihr gegen die Dämonen kämpfen, die von ihr Besitz ergriffen haben. Dieser Kampf wird mindestens genau so schwierig sein."
"Möchtest du irgendwann einmal Kinder, Greta?"

"Das habe ich mich auch ab und an gefragt, bei uns Frauen ist die Zeit dann doch eher begrenzt."
"Ja, ich möchte es sehr...mit dem richtigen Partner an meiner Seite bin ich mir sicher, dieses Abenteuer erleben zu wollen."
Thore nahm ihre Hand, während sie das strahlende Glitzern des Sees in sich aufnahmen.
"Ich möchte zurück zu meiner Basis fahren, Bericht erstatten, die Spurensicherung noch einmal hier her beordern und die Mannschaft zusammenfalten, die einen fatalen Fehler begangen hat. Rückmeldung an Krister, dass du nicht geflohen bist und hören, wie es dem anderen Opfer geht. Ich werde versuchen, noch einen dritten Tag für dich heraus zu handeln, was wir damit begründen werden, dass du unbedingt hier ins Krankenhaus zu dem Mädchen musst. Wie findest du das? Du hast sie schließlich gefunden." Es war nicht ganz uneigennützig, was er sagte.
"Das ist eine sehr gute Idee, dürfte ich denn noch eine weitere Nacht in deinem Gästezimmer schlafen? Er nahm sie ganz fest in seine Arme und küsste sie sanft

auf die Stirn. Nachdem sie die Tür der Station verschlossen hatten, setzten sie sich ins Auto und fuhren halbwegs entspannt den Weg zurück aus dem Muddus.

"Ich möchte nachher unbedingt noch einmal in die Klinik und nach dem Mädchen sehen," bat sie ihn.

"Ich werde dich dort absetzen, dann zu meiner Dienststelle fahren und dich anschließend dort wieder abholen. "

K11

TT saß an seinem Schreibtisch und versuchte, einen klaren Gedanken zu fassen.
Er wählte die Nummer von Krister.
"Hey , Thore hier, wir habe das Mädchen gefunden, lebend. Sie befindet sich hier bei uns in der Klinik, da sie sich eine Verletzung zugezogen hat, die zu einer Sepsis mutiert ist. Ja, sie wird es überleben," sagte Krister und machte eine Pause.
"Was ist....." wollte TT wissen
"Wir haben ein Problem, unser Anwalt hat Strafantrag gestellt."
"Wie bitte?"
"Gegen Greta Berg."
"Dieses Schwein, dann müssen wir uns beeilen."
"Greta hat doch etwas von Bildern auf ihrem Laptop erzählt."
"Nun, sagte Krister, es sieht so aus, als wenn sie die Bilder gemacht und ihm geschickt hat. Das ist noch nicht alles, dazu hat sie einen Text geschrieben, dass sie sie veröffentlichen will, wenn er nicht zu ihr zurückkommt."

"Oh mein Gott, wie soll ich ihr das denn bitte schön erklären?"

"Da können wir nur hoffen, dass das Opfer bald aus dem künstlichen Koma geholt wird," ergänzte TT.

"Thore, es tut mir leid, aber das Opfer....., also sie ist vor einer Stunde an akutem Kreislaufversagen gestorben."

"Das glaube ich jetzt nicht. An Kreislaufversagen, sagst du? Nicht an den Verletzungen?"

"So sieht es aus."

"Hat da jemand nachgeholfen?"

"Wir wissen es nicht. Der Polizist, der vor dem Zimmer Wache hatte, ist spurlos verschwunden. Die Leiche ist schon auf dem Weg in die Gerichtsmedizin und wird obduziert."

"Das kann ich Greta unmöglich erzählen."

"Thore, das wirst du müssen, allein schon wegen des Strafantrages."

"Mh, stimmt, was können wir tun?"

"Wir sollten das Ergebnis der Gerichtsmedizin abwarten. Wenn feststeht, dass jemand nachgeholfen hat, gibt es einen anderen Blickwinkel. Denn Greta hat ein Alibi. Wir müssen den

Polizisten finden, der zur Wache eingeteilt war."
"Wo ist Greta jetzt?"
"In der Klinik bei dem Mädchen. Ich habe sie dort abgesetzt und versprochen, sie wieder abzuholen."
"Thore, wir müssen Greta in U-Haft nehmen. Ich kann es ein wenig verzögern und sagen, dass wir nicht wissen, wo sie sich zur Zeit aufhält."
"Das hatten wir doch besprochen, Krister. Ich wollte darum bitten, die Frist um einen Tag zu verlängern. Greta hat mit der ganzen Sache nichts zu tun. Sie ist das eigentliche Opfer."
"Wie sicher sind wir uns?"
"Ich denke, wir beenden das Gespräch, da es in eine ganz falsche Richtung geht. Wir müssen heraus finden, was wirklich passiert ist. Unser Anwalt darf auf keinen Fall in die Vereinigten Staaten ausreisen."
"Ich verlasse mich auf sie."
Krister saß an seinem Schreibtisch und stützte seinen Kopf in beide Hände, als Milla nach kurzem Klopfen das Zimmer betrat.
"Alles OK Chef?"

"Nein, nichts ist OK, es sei denn, du hast eine positive Nachricht oder etwas, was mich aufmuntert."
"Jepp, hab ich." Sie wedelte mit einem Aktendeckel und grinste ihn an.
"Bitte, mach es nicht so spannend, meine Reserven sind für heute aufgebraucht."
"Der Polizist, also der richtige, ist im Leichenkeller wieder aufgewacht. Das einzige, woran er sich erinnern kann, ist ein Pfleger, der ihm etwas zu trinken geholt hat. Sehr wahrscheinlich, war dieses Getränk mit KO Tropfen verfeinert. Er hatte ein weißes Laken über seinem Körper. Wollen wir zusammen hinfahren? Er ist noch etwas wackelig auf den Beinen und liegt dort.
"Ja, das sollten wir, sofort."

K12

"Nein, es war kein Krankenpfleger. Sie war weiblich und Ärztin, stellte sich jedenfalls als eine vor, sagte der Polizist," der immer noch eine ungesunde Gesichtsfarbe hatte. Sie reichte mir eine Cola und bat mich, kurz mit in das Depot gleich neben dem Krankenzimmer zu kommen, da sie nicht an das obere Regal käme. Meinen Einwand, ich dürfe meinen Platz nicht verlassen, tat sie damit ab, es würde nur eine Sekunde dauern und die Tür stehe offen, es sei schließlich ihre Verantwortung."
"Haben sie die Cola getrunken?"
"Ja, ich hatte Durst. Als ich dann aufstand und die paar Schritte in den Nebenraum ging war es, als wenn irgend jemand das Licht ausknipste. Als ich wieder wach wurde, hatte ich ein Laken über dem Körper. Den Geruch, den ich wahrnahm, kann ich nicht beschreiben, aber irgendwie ahnte ich es."
"Was ahnten Sie?"
"Nun, in der Dunkelheit unter einem Tuch aufzuwachen bei gefühlten 0 Grad, der eigenartige Geruch in der Nase und

die Totenstille.... ich dachte für einen Moment, ich steh beim Allmächtigen in der Warteschleife."
"Können sie die Ärztin beschreiben?"
"Blond, mittelgroß, weiße Hose und Jacke, nichts auffälliges. Eine getönte Brille, sodass ich ihre Augen nicht richtig sehen konnte. Aber ganz offensichtlich Linkshänderin. Sie trug diese Einmalhandschuhe."
"Wie konnten sie das feststellen, da sie doch sagten, dass kurze Zeit später das Licht ausging?
"Nun, sie gab mir das Glas mit der linken Hand und schloss auch die Tür mit der linken Hand auf. Ich bin selbst Linkshänder.
"Wie ging es dann weiter?"
"Also, die Tür im Leichenkeller wurde aufgeschlossen und das Licht ging an. Da habe ich gerufen, bekam aber keine Antwort. Dann bin aufgestanden und der junge Krankenpfleger hat einen Mordschreck bekommen. Er konnte mich nicht hören, da er Stöpsel in seinen Ohren hatte. Sie können ruhig lachen, ich musste es auch. Die Situation war äußerst makaber.

Der angespannte Gesichtsausdruck der beiden verriet ihm, dass sie sich anstrengten, eben dieses nicht zu tun.
"Hat sie ihren Namen gesagt?"
"Ich kann mich nicht daran erinnern. Man will mir nicht sagen, was mit der jungen Frau ist, auf die ich aufpassen sollte."
Krister sah Milla an.
"Ich habe gar nicht nach ihrem Namen gefragt, Entschuldigung," sagte Krister.
"Pelle, ich heiße Pelle."
"Pelle, es tut mir leid, aber die junge Frau ist tot.
Die Gesichtsfarbe des jungen Polizisten veränderte sich noch weiter ins gelbgrüne.
"Sie wollen mir aber jetzt nicht sagen, dass dieses durch Fremdeinwirkung geschehen ist und ich durch das Verlassen meines Platzes dieses ermöglicht habe?"
"Nach dem jetzigen Stand der Dinge ist es so, ja. Aber wie sie die Sachlage geschildert haben, hat sie einen Plan gehabt und ihre Situation ausgenutzt. Wenn sie zur Toilette gemusst und eben diese vermeintliche Ärztin gebeten hätten auf die Patientin aufzupassen,

wäre es die gleiche Situation gewesen. Sie hat ihnen gesagt, dass sie die Verantwortung übernimmt."
" Ich habe gegen meine Anweisung gehandelt und die Frau ist tot. Pelle sank auf die Liege zurück und verbarg sein Gesicht mit beiden Händen.
"Sie werden sicherlich noch zu dem Vorgang befragt werden, aber machen sie sich keine Sorgen. Sie sind getäuscht worden und haben im guten Glauben gehandelt. Wenn sie die Cola dort vor der Tür getrunken haben und sitzen geblieben wären, hätten sie wenige Minuten später daneben gelegen. Nur das konnte sie nicht riskieren, deshalb hat sie sie in den Nebenraum gelockt. Also, bewusstlos wären sie auf jeden Fall geworden. Es trifft sie keine Schuld, bitte glauben sie mir, sie sind ebenfalls ein Opfer und seien sie froh, dass sie wieder aufgewacht sind.
"Was hat sie denn mit ihr gemacht," wollte Pelle wissen.
"Wir warten auf das Ergebnis der Gerichtsmedizin."
"Können wir sie nach Hause fahren?"
"Ja, das wäre prima, ich muss hier weg."

Krister wechselte noch ein paar Worte mit dem Stationsarzt, dann verließen die drei das Krankenhaus. Nachdem sie Pelle zu Hause abgesetzt hatten, fuhren sie zurück zur Station.
Sie sprachen kein Wort. Erst als der Wagen auf den Hof des Reviers fuhr und zum Stehen kam.
"Der Fall wird immer mysteriöser," sagte Milla.
"Stimmt, jetzt ist auch gesichert, dass sie nicht aussagen sollte bzw. ihren Angreifer nicht beschreiben durfte."
"Unser Anwalt tat doch so, als sei sie tot. Woher wusste er, dass es nicht der Fall war?
Wer sind seine Mittelmänner und wo sitzen sie?"
"Mittelfrauen," verbesserte Milla. Es muss doch eine Frau sein, die dort bekannt und mit den Räumlichkeiten vertraut ist."
"Der Stationsarzt sagte mir vorhin, dass zu dem Zeitpunkt Schichtwechsel war. Die Mitarbeiterinnen und Mitarbeiter, die befragt werden konnten, kennen sie nicht. Es kann aber durchaus auch eine Ärztin, wenn es denn eine war, aus einem ganz anderen Bereich des Hauses

gewesen sein. Oder eine Krankenschwester.
Die besagte Nadel im Heuhaufen und dieser wird eigentlich immer höher, wie es momentan den Anschein hat."

K13

"Du hast dich nicht an unsere Abmachung gehalten," sagte der Schwede. Er und sein russischer Freund hatten sich mit ihrer Codekarte Zugang ins Zimmer verschafft ohne anzuklopfen. Ihre Blicke erfassten das Chaos im Zimmer, was Gus aber nicht im geringsten interessierte.
"Was willst du mir sagen?"
"Die Frau hat überlebt, du Spinner."
"Wenn du einen Grund suchst, mir mein Geld nicht zu geben, dann hast du dir den Falschen ausgesucht."
"Droahst du uns, verstjähe iach richtig?" wollte der Russe wissen.
"Nein, es ist keine Drohung, nur die Erinnerung, dass ihr euch nicht an die Vereinbarung haltet und mir mein Geld schuldet."
"Wie ich schon sagte, du hast dich nicht an unsere Abmachung gehalten," wiederholte der Schwede.
"Das glaube ich dir nicht, ich habe meinen Auftrag erfüllt." Gus linke Hand rutschte langsam unter die Bettdecke, was den beiden Männern jedoch nicht entging...

Sie verließen das Zimmer genauso, wie sie es betreten hatten, geräuschlos.

Als die beiden mit dem Fahrstuhl unten ankamen, gaben sie dem Mitarbeiter an der Rezeption ein Zeichen, ihnen in das Zimmer zu folgen, auf dem „Personal" stand.

K14

Krister hatte Thore am Telefon alles erzählt, was sich in den letzten beiden Stunden zugetragen hatte. In der Zwischenzeit hatte Greta mehrmals über das Handy versucht, Thore zu erreichen. Die Lage wurde zwar immer verworrener, aber diese Entwicklung überzeugte ihn jedoch mehr und mehr davon, wie absurd die Anschuldigungen gegenüber Greta waren. Wer war die Unbekannte im Krankenhaus und in welcher Beziehung stand sie zu dem Anwalt Adrian Olson? Thore ließ sich noch ein wenig Zeit, bevor er sich bei Greta meldete. Er versuchte Ordnung in seine Theorie zu bekommen. Was hatten sie übersehen, wo war die Schwachstelle? Dann kam die whatsapp von Greta: *Bleibe heute Nacht im Krankenhaus, Liza schwebt in Lebensgefahr. Das Antibiotikum schlägt nicht an, die Sepsis hat sich weiter ausgebreitet. Melde mich später noch einmal.* Thore konnte sich an keinen Fall in der Vergangenheit erinnern, der sich immer weiter entwickelte und solche Dimensionen annahm. Greta hatte

einmal laut gedacht und daraus hatte er konstruiert, dass alles irgendwie zusammen hängen könnte. Was waren es für Wortfetzen gewesen, Linkshänder... Gus.....
Sein Bauchgefühl stimmte mit seinem Verstand überein, der Anschlag auf die Amerikanerin im Hotel ging zweifelsfrei auf das Konto des Anwalts. Ein Racheakt gegen Greta.
Nur die Person, die Angst vor der Aussage des Opfers hat, hat auch ein Interesse, dass dieses nicht geschieht und das konnte auch nur der Anwalt sein. Greta war raus, ihr Alibi konnte nicht perfekter sein. Olson hatte mit Sicherheit seine Finger nicht dreckig gemacht und an seine Handlanger zu kommen, dürfte schwierig werden in der Kürze der Zeit, die ihnen noch blieb. Sollten sie nichts Handfestes vorlegen können, wird seinem Rückflug in die Vereinigten Staaten nichts im Wege stehen. Selbst wenn seinem Strafantrag gegen Greta stattgegeben würde, müsste er nicht zwangsläufig bis zur Verhandlung in Schweden bleiben. Anwälte haben Freunde unter ihres gleichen und in ihren Kreisen bei Gericht.

So leid es Thore tat, dass es dem Mädchen schlecht ging, es verschaffte ihm jedoch Zeit. Zeit, weiter nach der Nadel im Heuhaufen zu suchen, ohne Greta mit diesen neuen Nachrichten weiter zu beunruhigen.

K15

Adrians Handy klingelte.
"Jetzt nicht..... ich sagte, jetzt nicht."
Der scharfe Ton ließ alles erstarren und würgte das Gespräch ab, bevor es überhaupt begonnen hatte. Anspannung. Er hasste unliebsame und nicht geplante Vorkommnisse. Alles, was sich seiner Kontrolle entzog, hasste er noch mehr. Nicht allein deswegen, da sich dort die meisten Fallen verbargen. Fallen bedeuteten Fehler und Fehler duldete er nicht. Fehler machten andere. Er verdiente sein Geld damit, anderen zu helfen, die Fehler machten. Wer ihm Fallen stellte, sodass er Fehler machte, musste dafür bezahlen. So waren nun mal die Regeln, seine Regeln. Was bildete sich dieses alte Flittchen ein, was glaubte sie denn. Für einen öden Fick jetzt irgend eine Forderung stellen zu können. Gut, er hatte ihr versprochen, sie mit in die Staaten zu nehmen, aber wirklich vorgehabt hatte er das nie. Der Zweck heiligt die Mittel und sie hatte ihren Auftrag erfüllt. Was hatte er schon wem alles versprochen, das war nun mal sein Job, seine Kunst. Beides beherrschte

er brillant. Er wollte nicht mehr mit ihr sprechen, geschweige sie überhaupt noch einmal sehen.. Gedankenverloren sah er auf sein Handy und rief noch einmal die Nummer des letzten Anrufers auf. Heiße Wut kochte in ihm hoch, das war seine alte Nummer, die Nummer des Handys, welches er aus dem Verkehr gezogen hatte. Woher hatte sie es? Morgen wollte er wieder im Flieger sitzen und diesen ganzen Albtraum vergessen. Wenn die Leiche bis dahin nicht freigegeben würde, ging es ihm am Arsch vorbei. Sollten sie sie doch in Schweden verbuddeln, dann könnte er sich die Kosten sparen.

Nun hatte er aber ein neues Problem an der Hacke, was er lösen musste. Sein russischer Freund war Spezialist auf diesem Gebiet. Aber eigentlich wollte er sich auch von ihm zurückziehen, da seine Gegenforderungen immer abstruser wurden.

Er musste sich mit ihr treffen und die Angelegenheit *regeln*.

K16

Es war schon fast Mitternacht, aber Thore rief noch einmal bei Krister an.
Er war sofort am Apparat und auch hellwach.
"Hey, entschuldige, aber ich ...."
"Schon gut, mir geht es genauso. Ich konnte Staatsanwalt Skoogen nicht davon überzeugen, den Strafantrag noch ein wenig zurück zu halten. Im Gegenteil, er will Fakten und zwar unverzüglich und...... Greta. Ich habe vor wenigen Minuten meine Mannschaft zu einem verlassenen Fabrikgelände geschickt. Dort ist ein Fahrzeug ausgebrannt....und zwar samt Fahrer. Das ist kein Zufall, davon bin ich überzeugt."
"Was passiert hier?"
"Ja, alles Ablenkungsdinger, alles Puzzleteile, die wir zusammen setzen müssen. Dieses Schwein will morgen Abend zurück in die Staaten fliegen, das müssen wir verhindern.
Ich habe den Obduktionsbericht seiner amerikanischen Freundin vor mir liegen. Da sie sich im künstlichen Koma befand, musste sie auch künstlich beatmet werden. Dieses Gerät hat unsere Ärztin

ausgestellt. Thore, wer ist sie? Wir haben alle Personen gefragt, die sie gesehen haben könnten. Das Phantombild ist so allgemein und nichts aussagend, so kommen wir nicht weiter. 99% aller Schwedinnen haben blonde Haare. Weiße Berufsbekleidung im Krankenhaus und dazu noch eine getönte Brille.... sind ebenfalls keine Seltenheit. Ich glaube nicht einmal mehr, dass sie Linkshänderin ist. Das kann man auch üben, verdammt. Es muss eine Frau sein, die sich dort im Krankenhaus auskennt. Wie ist die Information durchgesickert, dass das Opfer gar nicht tot ist und dort im Krankenhaus liegt?"
"Habt ihr einen Maulwurf bei euch, der sich gut mit den Russen versteht," wollte Thore wissen?
"Ich weiß es nicht, aber langsam glaube ich es auch. Ich werde meine beiden engsten Mitarbeiter jetzt aus dem Bett klingeln und melde mich dann später bei dir. Sollte dir etwas einfallen, egal wie banal, bitte ruf mich an. Ich bleibe hier in meinen zweiten Zuhause. "
"Krister.... ich danke dir." Dann legte Thore auf.

Morten kam als erster. Er betrat das Büro und blieb vor seinem Schreibtisch stehen. Die Männer sahen sich erwartungsvoll an, wie zwei Raubtiere, die abzuschätzen versuchten, wer zuerst angriff. Morten erwartete ein Donnerwetter, warum auch immer. Krister kannte ihn allzu gut und nutzte dieses aus, er ließ ihn vor seinem Schreibtisch stehen. Mortens rechter Wangenmuskel begann zu zucken. Das tat er immer, wenn er nervös war. Krister zählte im Geist: 5, 4, 3, 2, 1. Angriff.
"Morten, setz dich."
"Was gibt es?" Er hatte einen Frosch im Hals, seine Stimme zitterte. Krister hatte ihn genau da, wo er ihn haben wollte.
"Nun, kam er ohne Umschweife zur Sache, hast du mir etwas zu sagen?"
"Ich....?"
"Morten, lass dieses Spielchen, wer befindet sich außer uns noch in diesem Raum?"
Zwanghaft drehte er sich um als hoffte er, noch eine weitere Person in diesem Zimmer zu entdecken.
"Du bist doch ein guter Polizist oder?" Die Ironie in der Frage war allzu deutlich.

"Ja schon, ich verstehe diese Frage aber auch nicht?"
"Oder bist du ein Maulwurf?"
Die ganze Farbe war aus seinem Gesicht gewichen, die Wange zuckte durchgängig.
"Ich frage dich jetzt noch einmal und überlege dir deine Antwort gut."
Mortens Stimme wurde so brüchig, als würde er gleich in Tränen ausbrechen.
"Ich weiß nicht....."
"Ich helfe dir jetzt beim Auffüllen deiner Gedächtnislücken. Erinnerst du dich, als wir das Opfer im Hotel fanden?"
"Ja natürlich, kam völlig entrüstet."
"Sie war nicht tot, nur schwer verletzt, richtig?"
"Auch das ist richtig." Morten gewann wieder etwas Boden.
"Als ich sagte, das wollen wir vorerst für uns behalten, um den aus der Deckung zu locken, der das dort veranstaltet hat. Was hast du da gesagt?"
Schweigen.
"Ich habe dich etwas gefragt? Du willst mich doch jetzt nicht überzeugen, dass du vergessen hast, was du darauf geantwortet hast?"
Schweigen.

"Mit wem hast du darüber gesprochen?"
Schweigen.
"Meine Fragestunde ist hiermit beendet. Die Frau ist tot. Nicht durch die Verletzungen, nein, es hat jemand nachgeholfen. Die Verletzungen hätte sie überlebt, aber das Beatmungsgerät wurde abgestellt, weil jemand wollte, dass sie von der Bildfläche verschwindet."
"Damit habe ich nichts zu tun," stotterte er.
"Das glaube ich dir sogar. Aber ich werde hier und jetzt herausfinden, wie die Information an der Stelle gelandet ist, die dafür verantwortlich ist. Du warst dagegen, dass wir dieses für uns behalten und fandest es nicht fair gegenüber dem, der angeblich nichts damit zu tun hat. Hattest du Kontakt zu dieser Person und hast diese Information ohne Erlaubnis weitergegeben?"
Krister hörte ein plätscherndes Geräusch, als würde eine Flasche Wasser auslaufen , als liefe Wasser auf den Fußboden. Der Blick unter den Schreibtisch zeigte ihm, dass der Boden vor ihm, neben und unter Mortens Stuhl, nass war. Das Wassergeräusch. Nur war

es kein Wasser, sondern augenscheinlich Mortens Blaseninhalt.
Betretenes Schweigen auf beiden Seiten der Männer. Krister genoss für einen Moment die Peinlichkeit, schämte sich aber gleich dafür. Er kommentierte es nicht.
"Es hat jemand angerufen..."Schweigen
"Ich weiß nicht, ob du den Ernst der Lage nicht begreifen kannst oder willst, uns bleibt nicht mehr viel Zeit. Was heißt, es hat jemand angerufen?"
"Staatsanwalt Skoogen."
" Weiter, was wollte er wissen?"
"....ob sie schon tot war, als wir ins Hotel kamen..., was sollte ich denn sagen, Chef? Ich habe ihm vertraut. Ich bat ihn noch, kein Wort darüber zu verlieren, da wir den Täter nur in dem Glauben lassen wollten und auf die Aussage des Opfers warten würden."
"Mensch, warum hast du nichts gesagt, wir suchen verzweifelt nach der undichten Stelle. Wir konnten uns nicht erklären, wie unser Anwalt an die Information gelangt ist.
Geh jetzt nach Hause und zieh dich um, es bleibt unter uns, versprochen... und Morten, es tut mir leid. Das da, sagte er

mit Blick nach unten, habe ich nicht beabsichtigt."
"Ich habe mir nichts dabei gedacht Chef, er ist doch einer von uns."
"Ganz offensichtlich nicht, aber das ist nicht deine Schuld. Du bist auch ganz sicher, dass er es am Telefon war?"
"Ja klar, wir sind uns wenig später noch im Gebäude begegnet und im Vorbeigehen sagte er so sinngemäß.... auf die Aussage bin ich gespannt, oder so ähnlich."
Morten verließ das Büro und blickte erst nach rechts und links als er auf den Gang hinaus ging.
Staatsanwalt Skoogen ist es also. Es klopfte kurz und Milla kam herein.
"Was war den mit Morten, der lief so komisch, als habe er die Hose voll."
"Kann man so sagen, der hat sich seinen Kaffee über die Hose gegossen und der war heiß."
"Was gibt es Chef?"
Die Berichterstattung fiel kurz und knapp aus.
"Staatsanwalt Skoogen also. Ja, die beiden, also er und unser Anwalt, haben sich vor ein paar Jahren schon einmal in einer etwas gräulichen Zone aufgehalten.

Es ging um Geldwäsche bei den Russen, ein wichtiger Zeuge bei der Bank konnte sich plötzlich an gar nichts mehr erinnern und hatte seine Aussage zurückgezogen. Verschwand anschließend auf nimmer Wiedersehen. Das Ganze konnte nie richtig aufgeklärt werden. Sie haben übrigens zusammen studiert, alle drei."
"Milla, du bist ganz große Klasse, hat dir das schon mal jemand gesagt? Du denkst immer schon einen Schritt voraus. Ich hätte dich jetzt gebeten, zu recherchieren, was die beiden verbindet. Dann wird es Zeit, den beiden das Feuer unter ihrem korrupten Arsch anzuzünden. Komisch, ich kann mich gar nicht daran erinnern."
"Wie auch, sie sind erst danach zu uns gekommen."

K17

Adrian wählte die ihm bekannte Nummer, die Mailbox sprang an.
Hallo mein Liebes, sorry, ich war in einer Besprechung, ich habe Sehnsucht und kann es kaum erwarten, mit dir endlich neu durch zu starten. Es kostete ihn alle Mühe, so herum zu schleimen, weil er nicht einen Buchstaben davon ernst meinte. Genauso schrecklich war es für ihn, zu warten. Warten, dass dieses Miststück sich meldete und er sie noch treffen musste. Sein Handy erwähnte er nicht. Er musste es allein regeln, obwohl das Risiko sehr hoch war, dass etwas dabei schiefging. Die Alternative war verlockend, diesen Auftrag an die bekannte Mannschaft zu übergeben, dadurch aber immer abhängiger zu werden. Andererseits war er schon so tief drin, auf diesen einen Auftrag kam es eigentlich nicht mehr an. Der Russe wusste nichts von seiner vorgezogenen geplanten Abreise. Er befand sich in den Klauen dieses übermächtigen Raubtieres, welches ihn im hintersten Zipfel des Universums aufspüren würde. Das Geld, was er in den letzten Jahren

durch ihn verdient hatte, würde ausreichen, um mit einer neuen Identität tatsächlich irgendwo neu anzufangen. Es war sicher auf den Caymans, darum brauchte er sich nicht zu sorgen. Ein einziges Mal würde er noch seine Hilfe in Anspruch nehmen und dann war er weg.
Er wusste wo sie arbeitete, aber ihre Adresse kannte er nicht. Beide Orte wären ohnehin mehr als ungeeignet. Ein Treffen außerhalb daher angebracht. Obwohl....wenn er es richtig bedachte, käme nur das HLL in Frage, dann bräuchte er sich um nichts, rein gar nichts zu kümmern. Um die ganze leidliche Geschichte zum Abschluss zu bringen, ein für alle Mal aus der Welt zu schaffen, erschien ihm wie immer *die Lösung* zum richtigen Zeitpunkt. *Ich bin eben ein Genie.* Er rief den Russen an und bat ihn jetzt sofort in seinem Hotel um einen Termin.
"Du weißt wie spjäht is, Schwede, ähh? Im Hintergrund waren eindeutige Geräusche zu hören, die Adrian gar nicht hören wollte. Der Russe hatte sich noch auf etwas anderes zu konzentrieren und

grunzte zwischendurch wie ein Wildschwein in seiner Suhle.

"Hör zu, ich brauche deine Hilfe, dringend. In einer Stunde bei dir im Hotel." Adrian legte auf.

Er duschte kalt um einen klaren Kopf zu bekommen. Um kurz vor Vier fuhr er hinunter in die Lobby und stieg in eines der wartenden Taxen.

"Ins HLL" sagte er, während er sich auf den Rücksitz fallen ließ. Der Blick des Taxifahrers in den Rückspiegel entging ihm nicht. Beide Männer taxierten sich. Der Taxifahrer entschied, dass er seinen Fahrgast nicht mochte und sagte daher nichts. Adrian empfand wohl ähnlich und blickte desinteressiert aus dem Fenster. Der Sommer war fast vorüber, aber die Nächte noch relativ hell. Stockholm war eine quirlige Stadt mit vielen Studenten, Touristen und Einheimischen, welche die zahlreichen Angebote des Nachtlebens auskosteten, bevor der lange dunkle Winter alles einhüllte. Vor dem Hotel nannte der Taxifahrer den Fahrpreis und Adrian ließ sich das Wechselgeld bis auf die letzte Öre wiedergeben. Ohne Gruß verließ er das Taxi und verschwand in der

Eingangshalle des Russenhotels. Der Taxifahrer hatte ein gutes Gedächtnis, besser noch ein geniales. Viele sagten immer, das läge an seinem Beruf, was auch sicherlich stimmte. Es dauerte nicht lange und er wusste, wo er diesen Widerling schon einmal gesehen hatte. An seinem Hauptstandort in der Stadt, und das war der Marktplatz. Dieser miese Typ hatte an dem Tag in dem Hauseingang nicht weit von seinem Fahrzeug gestanden, als die zerstreute Ärztin völlig fertig in sein Taxi gestiegen war. Er las und sah viele Krimis, wenn es seine Zeit erlaubte und sein Bauchgefühl führte ihn zu der Erkenntnis, dass er es war, der sie so durcheinander gebracht hatte. Er musste einfach riskieren, hier vor dem Hotel zu warten in der Hoffnung, dass er auf dem selben Weg wieder herauskam.
Er stieg aus und ging zu dem ersten wartenden Wagen. Der Kollege drehte die Scheibe runter.
"Woas du willst?" Der Russe blies ihm seinen Rauch ins Gesicht.
"Mein Fahrgast hat mich gebeten, hier auf ihn zu warten. Kann ich ausnahmsweise hier vorne stehen, damit

er mich gleich sieht? Es dauert auch nicht lange."

Der schmierige Typ schnippe ihm seinen Zigarettenstummel auf den Schuh und taxierte ihn von oben bis unten. Er wedelte mit einem 100 Kronen Schein vor seiner Nase, um seine Entscheidung zu beschleunigen.

"Dein Verdienstausfall."

Er konnte gar nicht so schnell gucken, wie der Schein im Inneren des Wagens verschwand. Keine 15 Minuten später und sein Fahrgast kam durch die Drehtür. Er sah das Taxi und entschied sich, dort auch wieder einzusteigen.

"Der selbe Weg wieder zurück?"

"Exakt", kam die knappe Antwort. Beide Männer zogen es vor, wieder kein Wort miteinander zu wechseln. Beim Aussteigen wagte es der Taxifahrer allerdings, ihm seine Karte mit dem Wechselgeld in die Hand zu drücken.

"Rufen sie mich an, wenn sie Bedarf haben."

Geistesabwesend nickte Adrian ihm zu und verschwand in der Halle des Raddison Waterfront. In dieses Hotel hatte er die Ärztin doch auch gefahren, das konnte kein Zufall sein. Er wollte

gerade wieder starten, als seine Beifahrertür aufging und ein Mann sich neben ihn setzte.
"Das passt gut, wohin soll es denn gehen?"
"Sie fahren jetzt ein kleines Stück rechts um die Ecke..."
"Meine Kohle kriegst du nicht, raus hier, aber schnell, ich drücke einen Knopf und meine Kollegen machen dir das Leben zur Hölle."
"Ich bin Polizist und möchte dich etwas fragen über deinen letzten Fahrgast, den du gerade vor dem Hotel abgesetzt hast. Deine Einnahmen will ich nicht."
Das Taxi rollte langsam um die Ecke und kam zum Stehen.
"Wo hast du den Mann abgeholt?"
"Ich habe ihn hier abgeholt, zum HLL gefahren und dann wieder hierher zurück gebracht."
"Das HLL ist doch das Hotel, was von den Russen betrieben wird, stimmt's?"
"Ich war noch nie drin, aber es wird erzählt, ja. Die Gäste sollen ebenfalls nur Russen sein."
"Hat der was angestellt? Mein Fahrgast war aber keine Russe."
"Wie lange hast du auf ihn gewartet?"

"Ungefähr 15 bis 20 Minuten, dann ging es wieder hierher zurück."
"Hat er etwas zu dir gesagt?"
"Nein, wir mochten uns nicht."
"Ist dir an ihm etwas aufgefallen, irgend etwas Ungewöhnliches?"
"Nein, aber ich hatte so ein komisches Gefühl, weil ich ihn schon einmal gesehen habe, als er in einem Hauseingang lauerte. Ich glaube, das ist der richtige Ausdruck. Ich wartete auf eine Ärztin, die dann völlig durcheinander in mein Taxi stieg. Sie wohnte dort direkt am Marktplatz in der City. Die war so durch den Wind und krampfhaft damit beschäftigt, nicht zu weinen."
"Hat sie ihn gesehen, hat er sie bedroht?"
"Nein, den Eindruck hatte ich nicht, denn sie kam aus ihrem Haus direkt zu mir gerannt. Ich hatte die Tür schon aufgestellt. Er hat sie nur beobachtet und sich nicht gezeigt. Damals erkannte ich den Zusammenhang nicht. Aber da ich sie auch schon einmal ins Waterfront gefahren hatte und ihn dort heute sah, passte es für mich irgendwie zusammen. Sie dürfen mir nicht verraten, um was es geht, oder?"

"Das müssen wir herausfinden, so schnell wie möglich. Bitte rufen sie mich an, wenn ihnen noch etwas einfallen, oder der Gast sich noch einmal bei ihnen melden sollte. Sprechen sie mit keinem darüber, das ist wichtig, nicht zuletzt in ihrem eigenen Interesse."
"Sie können sich auf mich verlassen. Ich hatte ihm meine Karte gegeben."
"Das ist gut, ich hätte auch gerne eine."
Krister verließ das Fahrzeug, zeigte als Zeichen seiner Anerkennung mit seinem Daumen nach oben und warf noch einen Blick hinauf zu den Fenstern des Hotels.
Endlich kam Bewegung in dieses Durcheinander. Der Anwalt hat eine Verbindung zu den Herren dieses Hauses. Anwalt und Mandant, eine Hand wäscht den anderen Fuß. Man half sich gegenseitig, warum auch nicht. Jetzt galt es nur noch heraus zu finden, wobei. Den Staatsanwalt fragen, gegen welchen russischen Betrüger ein Verfahren liefe, wollte er nicht riskieren. Milla würde Rat wissen. Sein Wagen stand nur ein paar Meter weiter. Er fuhr zurück ins Revier. In seinem Büro saßen Morten und Milla wie zwei Kinder, die auf den

Feierabend ihres Vaters warteten. Beide grinsten ihn an.
"Was ist, was habt ihr angestellt?"
"Chef, sie werden es nicht glauben....."
"Morten..."
"Ja, ich komm schon auf den Punkt. Ich bin in das System der Vorzimmermieze unseres Staatsanwaltes geraten, rein zufällig. Der feine Anwalt vertritt einen Russen, der ganz tief im Gasgeschäft steckt. Allerdings ist es zu Ungereimtheiten mit den Liefermengen gekommen. Was auf dem Papier steht, verträgt sich absolut nicht mit der tatsächlichen Liefermenge. Ein Abrechnungsbetrug in großem Stil. Das ist noch nicht alles... morgen früh um 10.00 Uhr ist die Verhandlung, Raum 11 mit Publikum."
"Morten, gute Arbeit, prima dass du wieder gekommen bist, nach deinem..... Kaffeeunfall."
"Es sieht so aus, als würde sich das Blatt wenden. Ich schlage vor, wir legen uns noch eine Stunde auf unsere Liegen und dann sehen wir, wie es weiter geht."
Um 6.00 Uhr hörte Krister Geräusche. Er brauchte einen Moment, um zu wissen, wo er sich befand. Er wusste

eigentlich gar nicht, ob er überhaupt geschlafen hatte. Er putzte seine Zähne und klatschte eine Hand voll Wasser durch sein Gesicht, was sein kleines Minihandwaschbecken total überforderte. Thore musste informiert werden, was er sofort in die Tat umsetzte.
"Hey guten Morgen, gute Nachrichten," meldete er sich.
"Wirklich?".
"Kannst du kommen? Die Verhandlung ist mit Publikum, dich kennt hier keiner."
"Bin schon unterwegs, in drei Stunden bin ich da."
Kristers Telefon klingelte. Karla aus der Zentrale kündigte eine junge Frau an, die eine Aussage machen wolle, sie fühle sich bedroht.
"Ich übernehme Karla, danke."
"Hallo?"
"Karla, das Gespräch ist nicht zustande gekommen, ist sie noch in der Leitung?"
"Nein, sie hat aufgelegt."
"Konntest du die Nummer sehen, oder war sie unterdrückt?"
"Nein, es war eine Handy-Nr., Moment ich hab sie gleich......"

"OK, versuche bitte, den Provider zu finden, dann wissen wir mehr.
"Mach ich."
"Das Handy ist auf einen Adrian Olson angemeldet, Chef."
"Könntest du das noch einmal wiederholen?"
"Adrian Olson, angekommen? Beruf Anwalt, da war doch vor ein paar Jahren mal so eine komische Geschichte mit irgendwelchen Russen, Geldwäsche oder so. Soll ich sie zurück rufen?"
Krister hatte schon aufgelegt und rannte die Treppen hinunter zu Karla. Als er vor ihr stand, beugte er sich zu ihr hinunter, nahm ihr Gesicht in beide Hände und küsste sie auf den Mund. Ganz doll und ganz lange.
"Das wollte ich schon lange einmal tun....." unterbrach er kurz und setzte erneut an, nachdem sie beide Luft holen mussten.
"Freut mich, gewünscht hatte ich es mir auch schon länger, aber...... Ist das jetzt der Dank dafür, was ich eben herausgefunden habe oder....? "Skepsis machte sich in ihrem Gesicht breit.

"Nein, meine Liebe, viel mehr. Für gute Arbeit sage ich meinen Mitarbeitern einfach *danke.*
"Na dann...."
"Genau."
Beschwingt rannte er die Treppen hinauf in sein Büro. Der Tag konnte nicht besser beginnen.
Wieder saßen Milla und Morten in seinem Büro diesmal mit dampfendem Kaffee und frischen Zimtschnecken.
"Womit habe ich euch eigentlich verdient, fragte er die beiden grinsend. Thore ist auf dem Weg hierher, er wird an der Verhandlung teilnehmen, ihn kennt keiner. Ich hatte eben einen Anruf von einer Frau, die sich bedroht fühlte. Das Gespräch kam aber nicht zustande."
"Woher wissen sie denn , dass sie sich bedroht fühlte?"
"Karla hatte sie angekündigt, aber als ich übernehmen wollte, hat sie aufgelegt. Ihr werdet es nicht glauben, die Nummer war nicht unterdrückt und über den Provider hat sie den Namen heraus gefunden." Absichtlich redete er nicht weiter und sah seine beiden Mitarbeiter herausfordernd an.

"Können wir denn den Rest auch bitte erfahren, jetzt, hier und heute noch?" Morten war sehr mutig.
"Ihr werdet es nicht glauben....."
"Oh Chef....."sagten beide wie aus einem Mund.
"Adrian Olson, ließ er die Bombe platzen. Da sie wieder aufgelegt hat, müssen wir versuchen, das Handy zu orten. Denn wenn sie Angst hat, ist sie in Gefahr. Wozu dieses Pack fähig ist, wissen wir ja jetzt. Gibt es schon Erkenntnisse, was es mit dem ausgebrannten Fahrzeug auf dem Gelände des alten Fabrikgebäudes auf sich hat?"
"Noch nicht, sagte Milla, ich frage gleich noch einmal nach."
"Wir müssen diese Frau finden. Mein Bauchgefühl vermittelt mir, dass sie der Schlüssel zu diesem ganzen Schlamassel ist," sagte Krister mehr zu sich selbst.
Milla und Morten waren in ihr Büro gegangen. Krister hatte das Fenster weit geöffnet und eine paar tiefe Luftzüge getan. Er reckte sich und die kühle Morgenluft versorgte seinen Körper mit neuer Energie. Das Blut wurde mit Sauerstoff angereichert und er fühlte sich

frisch. Zusammen mit den guten Informationen, die der frühe Morgen hervor gezaubert hatte, versprach es der Tag zu werden, der die Verantwortlichen zur Strecke bringen würde. Wunschdenken? Die Tür ging auf und Milla kam herein gestürmt.
"Eine gute und eine gute Nachricht, welche zuerst?"
"Zuerst die gute, schieß los."
"Das Handy wurde im Karolinska Institut Solna geortet."
"Dann befindet sich die Person also noch dort im Haus, wer immer sie auch ist. Wir werden uns gleich auf den Weg machen. Die zweite gute Nachricht?"
"Bei aller Tragik, dass sich dort in dem ausbrannten Fahrzeug eine Person befand, also, das was von ihr übrig war. Man hat eine Smith & Wesson gefunden. Nicht irgend eine, es ist die, die bei dieser Rangerin im Muddus gestohlen wurde. Das wiederum zwängt uns die Erkenntnis auf, dass die Person in dem Fahrzeug der junge Mann ist, der sowohl seine Halbschwester als auch das junge Mädchen im Muddus eingesperrt hat. Die Morde an den drei Deutschen sowie an dem älteren Ehepaar aus der Herberge

wurden ebenfalls mit einer Smith & Wesson dieses Kalibers ausgeführt. Ich glaube nicht, dass der so einfach in dem Fahrzeug verbrannt ist, der war schon tot. Da hat jemand versucht, Spuren zu beseitigen. Aber unsere Gerichtsmediziner werden auch dieses Rätsel lösen. Scheint so, als sei auch er in die Fänge der Russen geraten, warum auch immer. Es könnte das Fahrzeug dieses jungen Mädchens sein, welches in Gällivare im Krankenhaus liegt. Das heraus zu finden, dürfte nicht allzu schwer sein, denn die Automarke und das Kennzeichen ist auch im verkohlten Zustand zu erkennen."
Es klopfte und Thore betrat das Büro. Es war inzwischen 8.30 Uhr.
Krister sprang auf und begrüßte seinen Kollegen.
"Ich freue mich, dass du da bist." Es folgte eine gestraffte Zusammenfassung aller Erkenntnisse. Wir werden jetzt zum Karolinska Institut fahren, dort, wo das Handy geortet wurde und dich auf dem Weg dorthin zum Gericht geleiten. Hat sich Greta zwischendurch gemeldet?"
"Ja, der Zustand des Mädchens ist stabil. Das neue Antibiotikum zeigt Wirkung.

Ich habe ihr keinen Zwischenbericht erstattet, nur gesagt, dass ich zu euch fahre. Sie hat Gott sei Dank keine Fragen gestellt, da sie der Zustand des Mädchens sehr mitnimmt."
"Wichtig für uns wäre die Automarke und das Kennzeichen, wenn das Mädchen wieder ansprechbar ist."
"Können wir dir etwas anbieten, einen Kaffee oder Wasser?
"Einen Kaffee könnte ich vertragen, danke ja."
Milla sprang auf und holte einen Kaffee aus der Küche.
Als die drei sich anschließend auf den Weg zu den Fahrzeugen machten, kam ihnen ein Kollege der KTU auf der Treppe entgegen.
"Ich habe mir das ausgebrannte Fahrzeug angesehen, ein Golf, älteres Modell.
Mit den Koordinaten des Handys fuhren sie los.

K18

Der morgendliche Betrieb im Karolinska war bereits in vollem Gange.
Krister meldete sich an der Rezeption und bat die Mitarbeiterin im Zuge der Ermittlungen um Erlaubnis, mit dem Ortungsgerät das Krankenhaus zu betreten. Sie sah ihn an, als habe er ihr mal eben so den Beischlaf angeboten.
"Sie haben mich verstanden? Es ist sehr wichtig, wir haben nicht eine Minute zu vergeuden."
"Das tut mir leid, aber das kann ich nicht entscheiden."
"Nun, dann möchte ich sie bitten, die Person zu kontaktieren, die dieses kann."
"Es besteht Lebensgefahr und sie möchten doch sicherlich nicht, dass sie unsere Ermittlungen behindern." Zur Untermalung legte er noch seinen Ausweis auf den Tisch. Sie sprang auf und betrat das Zimmer hinter ihr ohne anzuklopfen. Einen kurzen Augenblick später kam sie zusammen mit einer Kollegin, die freundlich lächelte.
"Hallo, mein Name ist Randy. Kommen sie bitte kurz in mein Büro, sie müssen mir schon erklären, worum es geht und

sich ausweisen. Dann können sie selbstverständlich ihre Arbeit tun. " Sie hörte sich an, was Krister berichtete und stellte keine weitere Fragen. Als sie die Ausweise kopiert hatte, gab sie grünes Licht.
Das Ortungsgerät führte sie in den angrenzenden Gebäudetrakt. Als sie im zweiten Stock vor einer Tür stehen blieben, trauten sie ihren Augen nicht.
"Das glaub ich jetzt nicht, sagte Milla. Was erwartet uns denn jetzt? Ich denke sie ist in Gällivare."
"Thore hat mir bestätigt, dass sie wegen des bedrohlichen Zustandes bei dem Mädchen im Krankenhaus geblieben ist. Vielleicht weiß er gar nicht, wo sie sich in Wirklichkeit aufhält. Mir kam sie von Anfang an nicht geheuer vor," gab Mortens zum besten.
Krister und Milla sahen ihn völlig konsterniert an, sagten aber nichts dazu. Denn diese Variante erschien ihnen just in diesem Augenblick doch nicht so ganz abwegig.
Milla fasste als erste den Mut.
"Wir gehen da jetzt rein und dann sehen wir weiter. Sie klopfte kurz und drückte sie Klinke.

Die Tür war verschlossen.
"Hier steht es doch, sagte Krister, Sprechzeiten täglich von 9.30 Uhr bis 13.00 Uhr."
Alle drei blickten auf ihre Uhren.
"Die Praxis ist seit zwei Tagen geschlossen, sagte eine Stimme hinter ihnen. Genaues kann ich ihnen nicht sagen, da müssten sie sich an die Geschäftsleitung wenden." Die Putzfrau schob ihr Reinigungsgefährt weiter über den Flur.
"Bingo," sagte Morten. Wenn sich das Handy hinter dieser Tür befindet, müssen wir diese öffnen."
"So einfach ist das nicht, dazu brauchen wir eine Erlaubnis."
"Gefahr in Verzug, Chef. Diese Randy von unten muss uns die Tür öffnen. Wenn da nun eine Leiche....."
Morten, bitte...... obwohl, mit dieser Vermutung können wir den Vorgang beschleunigen."
Milla rannte schon Richtung Ausgang und stieg kurze Zeit später mit Randy aus dem Lift.
"Was sagen sie da? Eine Leiche?"
"Das Handy ist in diesem Raum, der Kopf von Krister nickte in die Richtung.

Da eine bestimmte Person bedroht wird, die dieses Handy benutzt hat, gehen wir davon aus, dass.....sie in großer Gefahr ist."
Randy nahm ihre Code-Karte und zog sie über den kleinen Scanner neben der Tür.

K19

Thore hatte den Verhandlungssaal gefunden und setzte sich auf einen der freien Stühle neben der Tür. Zwei aalglatte, schmierige Typen standen am Fenster schräg gegenüber auf der anderen Seite, von dem der eine einen Talar über dem linken Arm trug. Der andere war der Erscheinung nach ein Russe. Thore stand auf und lief langsam hinter den beiden entlang. Blieb sogar einmal stehen und stellte sich frech daneben, um einen Blick aus dem Fenster zu werfen. Der Wortwechsel der beiden war hitzig und wurde lauter. Sie bemerkten ihn nicht einmal. Er ging zurück zu seinem Stuhl, der nun allerdings einer älteren Dame Platz bot, die sich augenscheinlich einen netten Vormittag machen wollte. Aus ihrem kleinen Korb lugten eine Thermoskanne und Stricknadeln sowie eine Tüte vom Bäcker, deren Inhalt lecker roch. Er musste wohl etwas zu lange darauf gesehen haben, denn der Blick aus den stark Kajal umrandeten, der Schwerkraft unterlegenen Augenlidern der sensationslüsternen Mitbürgerin sagte

ihm: Nö. Sie glotzte provozierend auf sein Hemd mit den großen roten Karos, was ihm nicht entging. Er konnte es förmlich sehen, wie es hinter ihren gespachtelten Stirnfalten arbeitete und sie auch schon Luft holte.
"Schickes Hemd."
"Thore schob seine rechte Augenbraue hoch, was sein Gegenüber stets zum Schmunzeln brachte. Er glaubte nicht, dass sie es schon dabei bewenden ließ und erwartete noch eine detaillierte Beleidigung, die auch nicht lange auf sich warten ließ.
"Marke Geschirrhandtuch, trägt *Mann* das jetzt? Von Mutti oder eigener Geschmack?"
Thore überlegte, ob er etwas Gemeines antworten oder darüber lachen sollte.
"Wissen sie, wir jüngeren können uns doch fast alles erlauben. Schlimm wird es nur ab einem bestimmte Alter, da sollte *Frau* schon vorsichtiger sein. Sie erinnern mich mit ihrem spritzigen Humor doch sehr an sie, meine Mutter meine ich."
"TOUCHE," sagte sie mit einem Schmunzeln und hob dabei ihre linke Augenbraue.

Weitere Zuhörer stellten sich dazu und warteten darauf, dass die Tür geöffnet wurde.

Thore blickte noch einmal zu den beiden Männern hinüber, als dieses geschah.

Die Namen der Kontrahenten wurden aufgerufen und die Leute suchten sich einen Platz.

Als der Richter mit seinem Gefolge den Saal durch die Hintertür betrat, war es schlagartig ruhig. Die Anwesenheitsliste wurde abgehakt, als Adrian Olson aufstand, sich unten vor den Richter stellte und ihm einen Umschlag präsentierte. Dieser beugte sich vor, um besser verstehen zu können, was der Anwalt ihm zu sagen hatte. Er sprang auf.

"Die Verhandlung wird ausgesetzt, wir ziehen uns zur Beratung zurück. Olson sprang die fünf Stufen hoch zu dem Gremium und verschwand mit ihnen durch deren Hintertür. Der Russe blickte sich hilfesuchend um und sah seine drei Begleiter stehend in der letzten Reihe.

Drei kahl rasierte Köpfe. Deren einziger Schmuck bestand aus einem teelöffelgroßen Haarfleck im oberen Kopfbereich, der wiederum mit einem geflochtenen Zopf die Falten der feisten Specknacken zierte und dort auch endete. Breitbeinig standen sie da, ihre Arme vor dem Körper, die Hände im unteren Bereich übereinander gelegt, perfektes Imponiergehabe.

Thore sah in ihren Gesichtern, dass ihnen die Situation nicht gefiel, was nicht zuletzt an dem hilfesuchenden Blick ihres Chefs lag. Die Besucher der Verhandlung wurden ebenfalls unruhig, die Spannung spürbar. Gleichzeitig gingen beide Türen auf, der Richter mit seinem Gefolge betrat den Saal und auf der anderen Seite erschienen zwei Vollzugsbeamte eskortiert von fünf Polizisten. Der Richter knallte seinen Hammer auf den Tisch und schrie förmlich um Ruhe.

"Herr Kurschni....., Herr Krunischjewkov, ich verhafte sie wegen Mordes, Erpressung in Tateinheit mit dem Betrug an unserer Gasgesellschaft. Ihr Anwalt hat sein Mandat niedergelegt. Die Handschellen klickten und der Russe stand einfach nur da und sagte nichts. Seine drei Beschützer ebenfalls, da sie es wohl sinnreicher fanden, sich zurück zu halten. Für sie war es in diesem Moment

wichtiger, die eigene Haut zu retten, da sie keine Chance gehabt und in jedem Fall den kürzeren gezogen hätten.
Blitzlichtgewitter prasselte auf alle, die aus dem Gerichtssaal strömten. Thore hielt sich noch zurück und sah seine Gesprächspartnerin von vorhin, die sich durch die Menge wühlte, um noch eine Chance zu erhaschen, irgendwie mit auf das Foto eines Mediums zu gelangen. Bei dem Anblick musste er richtig lachen und dachte nur, was ist da passiert, warum hat der Anwalt sein Mandat niedergelegt und wo ist der hin? Er musste Krister erreichen, sofort, denn er kannte hier niemanden, den er hätte fragen können. Nur die Mailbox sprang an, verdammt.

K20

Das Zimmer war leer, genauer, beide Zimmer waren leer.
Der kleine Monitor führte sie zu dem Schreibtisch, offensichtlich das Behandlungszimmer von Greta Berg.
"Alle ausgeflogen," sagte Milla, während sie an der Schubladen zog, die aber alle verschlossen waren. Morten holte aus seiner seitlichen Beintasche einen Dietrich und hebelte diese in Sekundenschnelle auf. In der mittleren lag das Handy.
"Wer ist die Mitarbeiterin von Greta Berg," wollte Krister wissen.
"Ich weiß ihren Namen nicht, antwortete Randy, aber werde ihn heraus finden. Sie verließ das Zimmer.
"Wir brauchen Namen und Adresse." Krister nahm sein Handy und stellte fest, dass Thore versucht hatte, in zu erreichen.
"Thore, hey, ich bin es. Hast du Neuigkeiten für uns?"
"Das kann man so sagen" und er schilderte das, was er gerade erlebt hatte.

"Thore, wenn du jetzt in diesem Moment vor mir stündest, ich würde dich sogar auf den Mund küssen."
"Ja.... äh... könnte der Dank auch etwas anders ausfallen, auf die Wange vielleicht?"
"Ich denke darüber nach. Wir brauchen dringend Namen und Adresse von Gretas Mitarbeiterin, ich erkläre dir alles später. Kannst du Greta erreichen? Bitte keine Einzelheiten erklären, nur Name und Adresse." Krister hatte ein mulmiges Gefühl im Magen, da das Handy bei Greta im Schreibtisch lag.
"Ja, ich melde mich gleich wieder bei dir."
In der Zwischenzeit überlegten die drei, wie sie an die Informationen des Gerichtes kommen könnten. Der Termin geplatzt. Was spielte der Anwalt für ein perfides Spiel?"
Es dauerte keine 5 Minuten und Thore nannte ihnen den Namen und die Anschrift von Gretas Mitarbeiterin. Die Tür ging auf und Randy kam mit einer jungen Frau zurück.
"Ich habe ihnen jemanden mitgebracht. Das ist Marit Törkelsen, die Assistentin von Greta."

Die junge Frau sah aus, als wäre das ganze Unheil dieser Welt über sie herein gebrochen.
Sie war kreidebleich und schien jeden Augenblick umzufallen.
"Geht es ihnen nicht gut?" Wollte Milla wissen.
Sie fing an zu weinen.
"Ich wollte das alles nicht, schniefte sie, er hat das von mir verlangt, als Beweis meiner Liebe. Wir wollen heute Abend zusammen in die Staaten fliegen. Ich glaube aber, der will mich gar nicht.....Ich soll mit seinem Handy in dieses komische Russenhotel kommen, er wohnt aber im Waterfront. Was will er da denn von mir. Ich habe eine Scheißangst."
"Nun, dieses Handy ist äußerst wertvoll, er hat uns gesagt, er habe es verloren. Haben sie Mitteilungen gelöscht?"
"Nein, habe ich nicht. Einmal benutzt habe ich es und nun weiß er eben, dass es bei mir ist."
Ich habe die Mitteilungen alle gelesen und weiß jetzt, was er für ein falsches Spiel gespielt hat. Es sollte ein dezenter Hinweis sein, dass ich ihn durchschaut habe und er zu seinem Wort stehen soll.

Greta werde ich nie wieder unter die Augen treten können, denn sie hat mir vertraut und ich habe sie verraten. Ich habe wirklich geglaubt, dass er mich liebt und ich das große Los gezogen habe. Anwalt entscheidet sich für kleine medizinische Assistentin. Ich habe alles kaputt gemacht. Einen Menschen umgebracht, meine Greta verraten, hintergangen, ihr Vertrauen missbraucht."
"Marit, haben sie sich oder ihn gar nicht gefragt, warum diese Frau sterben musste?"
Sie sagte nichts, starrte nur auf den Boden.
"Marit, haben sie etwas mit dem Mord an der Amerikanerin zu tun?"
Sie sah ihn mit leerem Blick an, während Milla ihr ein eine Packung Papiertaschentücher zuwarf, die sie mit der linken Hand auffing. Rotze lief aus ihrer Nase und zusammen mit der Augenschminke ergab es ein Gemisch, was sie noch erbärmlicher aussehen ließ. Milla sah ihren Chef dabei an, der das ebenfalls registrierte. Da Morten schon Luft holte, suchte Krister Blickkontakt

und schüttelte kaum sichtbar seinen Kopf.
"Marit, haben sie mich verstanden, haben sie das Beatmungsgerät in der Klinik abgestellt und den Polizisten mit KO Tropfen versorgt?"
Wie erstarrt stierte sie von einem zu anderen und schwieg weiter.
"Marit, ich frage sie jetzt noch ein drittes Mal, das letzte Mal. Wenn sie geständig sind und uns jetzt helfen, werde ich ihnen auch helfen, das verspreche ich ihnen."
"Ist das wahr, oder sagen sie das nur so?"
"Nein, ich gebe ihnen mein Wort, dass ich sie nicht belüge. Bitte helfen sie uns, dass dieser Mann heute Abend nicht in die Staaten ausreisen kann."
"Er hat zu mit gesagt, er sei einem Bekannten etwas schuldig. Diese Frau hat dessen Familie zerstört, würde ihn erpressen, ruinieren, was weiß ich. Ich hatte dort Zugang und habe es einfach getan. Es tut mir alles so schrecklich leid." Wieder fing sie an, in diesem fürchterlichen Heulton zu jaulen, wie ein Kind, welches seinen Willen nicht bekam.

"Was soll ich denn machen, etwa in dieses Hotel gehen? Da will ich nicht hin, ich habe solche Angst."
"Sie haben ihn erpresst, ergänzte Morten, und das lässt er sich nicht gefallen. In dieses Hotel zu kommen, ohne aufzufallen, dürfte schwer für uns werden. Es ist kein normales Haus, sondern dort kennt man sich und bleibt auch unter sich. Polizei riechen die auf große Entfernungen. Besser wäre ein neutraler Platz. Sie könnten ihm doch anbieten, das Handy heute Abend mit zum Flughafen zu bringen."
"Das habe ich schon versucht. Er hat gesagt, dort seien wichtige Informationen von einem Mandanten drauf und er brauche sie dringend dort in diesem Hotel. Er ist jetzt wohl in einer Verhandlung im Gericht. Sobald er dort fertig ist, wollen wir uns im Hotel treffen." Ihre Blick wanderte ständig zur Uhr.
"Ok, sagte Krister, wir brauchen Thore, er weiß ja wie er aussieht und kann sehen, wann er dort los fährt. Im Innenhof parken alle, die am Gericht tätig sind, für sie bestehen dort eigene

Parkplätze. Er wählte seine Nummer und bat ihn in den Innenhof zu gehen.
"Die Idee ist nicht schlecht, nur müsste ich sein Fahrzeug kennen."
"Milla, bitte ruf die Mitarbeiterin im Gericht an, die für die reservierten Parkplätze zuständig ist und frage sie nach den Kennzeichen von Skoogen und Olson. Sag ihr einfach, dass dort ein Fahrzeug angefahren wurde und derjenige geflüchtet sei. Ich habe das beobachtet und mir die Nummer des Verursachers aufgeschrieben, wir eben wissen wollen, ob es das Fahrzeug einer der beiden Herren sei."
Milla hatte die Nummern und die Automarken sofort bekommen und Krister gab sie an Thore weiter, der inzwischen auf dem Innenhof stand.
"Ich sehe nur das von dem Anwalt, das andere steht hier nicht, der Platz ist frei."
Thore, du gehst jetzt zu dem Auto und siehst dir einen Vorderreifen etwas genauer an....wenn du verstehst, was ich damit meine......"
"Krister, es ist jetzt aber nicht das, was ich denke, was ich tun soll, oder?"
"Doch ja, du hast mich schon verstanden, Gefahr in Verzug."

"Wenn der mich sieht, was dann.....?"
"Dann sagst du eben, ein Autofahrer habe seinen Kotflügel touchiert und sei einfach weggefahren. Dein Zettel mit dem Kennzeichen sei weggeweht. Melde dich bitte, ob es geklappt hat."
"Marit, so wie es aussieht, befindet sich Olson noch im Gerichtsgebäude. Wenn es gut läuft, wird es gar nicht dazu kommen, dass sie in das Hotel hinein müssen."
"Ich will nicht sterben," jaulte sie in einem derart schrillen Ton, der ihn veranlasste, sie zu bitten, damit doch auf zu hören. Wie auf Knopfdruck tat sie es auch. Die drei sahen sie genervt an. Kristers Handy klingelte.
"Das ist gut, jetzt können wir Posten vor dem HLL platzieren. Thore du kannst dich wirklich auf meinen Dank freuen, sagte Krister grinsend und beendetet das Gespräch.
"Marit, sie nehmen jetzt das Handy und wir werden zum Hotel fahren. Wenn Olson sich meldet, sagen sie nicht, dass sie schon dort sind. Sollte das wirklich unser Glückstag sein, wird er gleich einen ganz bestimmten Taxifahrer

anrufen, da sein Auto nicht fahrbereit ist."
Er kramte die Karte des Fahrers aus seiner Tasche und wählte die Handy-Nr. Er erklärte ihm kurz den Sachverhalt und bat um eine kurze whatsapp, sollte es tatsächlich so eintreffen.
Morten fuhr den Wagen. Sie fanden einen guten Platz schräg gegenüber des Hotels. Nach einer knappen halben Stunde gab sein Handy den Signalton einer whatsapp.
Bingo, sind auf dem Weg zum Hotel.
"Heute ist unser Glückstag, sagte er, das Taxi ist auf dem Weg."
"Er hat mich aber nicht angerufen wie vereinbart, dann muss ich doch da rein, oder? Fragte Marit sie wieder in diesem Heulton.
"Nein, ich werde jetzt dem Taxifahrer schreiben, dass er von Norden in die Straße hineinfahren soll und hinter uns zum Stehen kommen und eine Macke seines Wagens vortäuschen muss. Er soll den Motor abwürgen. Dann werden wir aussteigen und seinen Fahrgast übernehmen.
"Ich will den aber nicht sehen, dann weiß er doch, dass ich....."

"OK," sagte Milla, wir beide gehen jetzt in die Nebenstraße, ich rufe uns über Funk einen Kollegen. Wir müssen zusammen ins Revier und alle Aussagen zu Protokoll nehmen."
"Ich will nicht mit dem zusammen treffen, das ertrage ich nicht."
Milla und Marit stiegen aus dem Fahrzeug und liefen ein paar Schritte.
"Nicht umdrehen, einfach weiter laufen," befahl Milla.
"Halt, stehen bleiben, sie sind verhaftet."
Beide Frauen drehten sich um und sahen nur noch, wie Krister, Morten, der Taxifahrer und zwei weitere Polizisten hinter einem Mann herliefen, der im Hotel verschwand.
"Der ist denen entwischt, schrie Marit in ihrer Verzweiflung, oh mein Gott, jetzt bring der mich um."
Die fünf Männer standen vor dem Eingang und beschlossen, nicht dort hinein zu gehen.
Während sie sich den nächsten Schritt überlegten, wurde ihnen eine Person von drei glatzköpfigen Russen direkt vor die Füße geworfen. Der Mann landete mit dem Gesicht nach unten auf dem

Gehweg und blieb einfach dort liegen. Er rührte sich nicht.

"Sie haben nichts, aber auch gar nichts gegen mich in der Hand, spuckte er ihnen die Worte vor die Füße."

"Stimmt, in der Hand nicht, aber auf einem Handy, genauer gesagt auf ihrem Handy und ihrem Laptop, Anwalt Olson. Ihr russischer Freund ist auch ein klein wenig verstimmt wegen ihres ungebührliches Verhaltens im Gerichtssaal und hat bereits einiges über sie erzählt. Mit dem Geldbetrag aus ihrem Umschlag hat er nicht das Geringste zu tun. Der Mann hat eine sehr hohe Kaution angeboten und ihr Freund, der Staatsanwalt, wird sich für ihn verwenden, darauf verwette ich eines meiner kostbaren Oberhemden. Der kleine Abrechnungsfehler, der ihm unterlaufen ist, wird durch die Kaution hundertfach ausgeglichen. Also verschwenden sie nicht den kleinsten Gedanken daran, dass sie irgend jemandem von ihrer Schuld etwas abgeben könnten. Der Richter wird froh sein, diesen Fall endlich los zu sein. Einen Herrn Kotzlakovjev zu verurteilen, dürfte seine weitere

Lebensplanung erheblich einschränken, glauben sie das nicht auch? Ein Trugschluss zu glauben, das Ass in ihrem Ärmel sei die Assistentin von Greta Berg. Auch da muss ich sie enttäuschen, sie ist zu uns gekommen und hat um Hilfe gebeten, weil sie sich von Ihnen bedroht fühlt. Egal, wie sie sich auch entscheiden, nach Timbuktu fliehen oder lieber in den Knast gehen. …..… Herr Kotzkovlev hat überall auf dieser schönen Welt Freude, selbst im schwedischen Knast, darauf verwette ich noch eines meiner kostbaren Oberhemden. Obwohl…., wenn ich es mir genau überlege, wette ich gar nicht."

"Heute ist mein Glückstag, heute tue ich es."

Weitere Titel erschienen im BOD Verlag:

Der Weihnachtsgruß

Muddus